Felicidades mi niña, para que le leas a tu beba los cuentos que tu mami te leyo.

Te queremos mucho

Jeanette y Jorge.

Cuentos clásicos infantiles

México • Miami • Buenos Aires

Cuentos clásicos infantiles

D. R. © Editorial Lectorum, S. A. de C. V., 2002
Batalla de Casa Blanca Manzana 147 A Lote 1621
Col. Leyes de Reforma, 3a. Sección
C. P. 09310, México, D. F.
Tel. 5581 3202
www.lectorum.com.mx
ventas@lectorum.com.mx

L. D. Books, Inc.
Miami, Florida
ldbooks@ldbooks.com

Décimo primera reimpresión: junio de 2013

ISBN: 978-149-931-910-1

Impreso y encuadernado en México.
Printed and bound in Mexico.

Índice

El traje nuevo del emperador

Había en un tiempo lejano un gran emperador que era tan amante de los trajes nuevos que gastaba todo su dinero en vestirse.

Cuando pasaba revista a sus soldados, cuando iba a un espectáculo o a un paseo no lo hacía con otro objetivo que el de mostrar sus trajes nuevos.

Como cada hora del día cambiaba de ropas, y así como se dice de un rey, "está en consejo", se decía de él: "El gran emperador está en su guardarropa".

La capital era un pueblo alegre, gracias a la gran cantidad de extranjeros que pasaban por ahí. Sin embargo un día llegaron dos bribones que dijeron ser tejedores y declararon saber tejer la tela más magnífica del mundo. No sólo los colores y el dibujo eran extraordinariamente bellos sino que los vestidos confeccionados con esta tela poseían una cualidad maravillosa: se hacían invisibles para toda persona que no supiera desempeñar bien su empleo o que tuviese muy escaso entendimiento.

–El servicio que me prestarán esos trajes es invaluable –pensó el emperador–; así podré conocer a los hombres incapaces de mi gobierno y sabré distinguir a los listos de los necios. Sí, esta tela me es indispensable.

Después adelantó a los bribones una gran cantidad de dinero a fin de que pudiesen iniciar inmediatamente su trabajo.

Prepararon, en efecto, los telares e hicieron como que trabajaban, aunque no había nada entre las brocas.

De vez en cuando pedían seda fina y oro magnífico, pero todo esto lo ponían en su saco y trabajaban hasta medianoche con los telares vacíos.

–Sin embargo, es necesario que yo sepa cómo van –se dijo el gran emperador.

Pero sintió que el corazón se le oprimía pensando que los necios o incapaces de cumplir bien sus funciones no podían ver la tela.

No era que él dudase de sí mismo, pero juzgó conveniente enviar a alguien a que examinase el trabajo.

Todos los habitantes de la población conocían la cualidad maravillosa de la tela y todos estaban muy impacientes por saber todo lo estúpido o incapaz que era su vecino.

–Voy a enviar a ver a los tejedores a mi buen y viejo ministro –pensó el gran emperador–; él es quien mejor puede juzgar la tela; se distingue tanto por su talento como por su capacidad.

El ministro honrado entró en la sala en que los dos impostores trabajaban con los telares vacíos:

–¡Buen Dios! –pensó abriendo cuanto pudo los ojos–. No veo nada. Pero no dijo una palabra.

Los dos tejedores lo invitaron a aproximarse y le preguntaron qué le parecía el dibujo y los colores. Al mismo tiempo le mostraron sus telares y el viejo ministro fijó en ellos sus miradas. Sin embargo no vio nada por la sencilla razón de que nada había.

–¡Buen Dios! –pensó–. ¿Seré yo verdaderamente estúpido? Es necesario que nadie dude. Pero ¿seré verdaderamente incapaz? Yo no me atrevo a confesar que la tela es invisible para mí.

–Y bien, ¿qué dice usted? –dijo uno de los tejedores.

–Es encantador, verdaderamente encantador –respondió el ministro poniéndose los anteojos–. Este dibujo y estos colores. Sí, yo diré al gran emperador que estoy muy contento.

–Es para nosotros una felicidad –dijeron los dos tejedores– y se pusieron a enseñarle colores y dibujos imaginarios dándoles nombres.

El ministro puso la mayor atención para repetir al gran emperador todas sus explicaciones.

Los bribones continuaban pidiendo plata, seda y oro; se necesitaba una cantidad enorme para este tisú, bien entendido que ellos se lo embolsaban todo, porque el telar estaba vacío y continuaban trabajando.

Algún tiempo después el gran emperador envió otro honrado funcionario para examinar la tela y ver si se concluía.

Sucedió a este nuevo funcionario lo mismo que al ministro. Miró y remiró pero no vio nada.

–¿No es verdad que el tisú es admirable? –preguntaron los dos impostores mostrándole y explicándole el soberbio dibujo y los magníficos colores que no existían.

–Sin embargo, yo no soy necio –pensó el hombre–. ¿Será posible que no sea capaz de desempeñar mi empleo? Es muy placentero y tendré buen cuidado de no perderlo.

En seguida hizo elogio de la tela y manifestó toda su admiración por la elección de los colores y el dibujo.

–Es de una grandeza incomparable –dijo al gran emperador, y toda la población habló de esta tela extraordinaria.

Por fin, el mismo gran emperador quiso verla mientras aún estaba en el telar.

Acompañado de una multitud de personas escogidas, entre los cuales se encontraban los dos honrados funcionarios, se dirigió al sitio en que los astutos ladrones fingían que tejían, pero sin hilo de seda, ni de oro, ni ninguna clase de hilo.

–¿No es verdad que esto es magnífico? –dijeron los dos honrados funcionarios–. El dibujo y los colores son dignos de vuestra alteza.

Y mostraron con el dedo el telar vacío como si los demás pudieran ver alguna cosa.

–¿Qué es esto? –pensó el gran emperador–, no veo nada. Esto es horrible. ¿Acaso seré un necio?, ¿acaso seré incapaz de gobernar? No me podía suceder mayor desgracia.

Inmediatamente después, exclamó:

–Esto es magnífico, y con gusto manifiesto mi satisfacción.

Movió la cabeza con aire satisfecho y miró el telar sin atreverse a decir la verdad.

Todas las personas de su séquito miraron lo mismo, unos después de otros, pero sin ver nada, y repetían como el gran emperador:

–"Esto es extraordinario".

Y hasta le aconsejaron que se vistiese con esa nueva tela en la primera gran procesión.

–¡Es magnífica! ¡Encantadora! ¡Admirable! Exclamaban todas las bocas, y la satisfacción era general.

Los dos impostores se salieron con la suya y fueron condecorados, además cada uno recibió el título de gentilhombre tejedor.

Toda la noche que precedió al día de la procesión velaron y trabajaron alumbrados por dieciséis lámparas.

El trabajo que se tomaban era visible para todo el mundo. Por fin hicieron como que quitaban la tela del telar, cortaron el aire con grandes tijeras, cosieron con una aguja sin hilo y después de esto declararon que el vestido estaba terminado.

Seguido de sus ayudantes de campo, el gran emperador fue a examinarlo, y los tramposos, levantando un brazo en el aire, como si tuviesen en él alguna cosa, decían:

–Aquí está el pantalón, la casaca y el manto. Es ligero como una tela de araña. No hay temor de que pese a vuestra alteza sobre el cuerpo, y he aquí precisamente en qué consiste la virtud de esta tela.

Ciertamente –respondieron los ayudantes de campo–, pero no veían nada, pues nada había.

–Si vuestra alteza se digna desnudarse –dijeron los bribones–, le probaremos el vestido delante del gran espejo.

El gran emperador se desnudó y los bribones hicieron como que le presentaban una prenda después de otra.

Hicieron como si le probaran un traje. El emperador se miró y volvió a mirar delante del espejo.

–¡Pero qué bien! ¡Qué corte tan elegante! –exclamaron todos los cortesanos–. ¡Qué dibujo! ¡Qué colores! ¡Qué precioso traje!

El gran maestro de ceremonias entró.

–El palio bajo el cual vuestra alteza debe asistir a la procesión está en la puerta –dijo.

–Está bien –respondió el gran emperador–. Creo que así no me veo mal.

Una vez más se fue ante el espejo para ver bien el efecto de su esplendor.

Los chambelanes que debían llevar la cola, hicieron como que recogían alguna cosa del suelo. Después levantaron las manos, sin manifestar que no veían absolutamente nada.

A medida que el gran emperador caminaba orgullosamente en la procesión bajo su magnífico palio, todos los hombres en la calle y desde las ventanas exclamaban:

—¡Qué soberbio traje y qué graciosa es la cola! ¡Qué corte tan precioso!

Pero ninguno quería decir que no veía nada. Porque cualquiera habría sido declarado necio, o incapaz de desempeñar su empleo.

Nunca los trajes del gran emperador habían suscitado semejante admiración.

—¿Pero me parece que no lleva vestido? —observó una niña pequeña.

—¡Gran Dios! ¿Oyen la voz de la inocencia? —dijo el padre; y en breve susurró la multitud, repitiendo las palabras de la niña.

—Hay un niño que dice que el gran emperador va desnudo.

—No hay tal traje —exclamó al fin todo el pueblo.

El gran emperador se sintió mortificado, porque le parecía que tenían razón. Sin embargo razonó a su manera y tomó una resolución:

—De cualquier modo que sea, es necesario que continúe hasta el fin.

En seguida mostró más orgullo, y los chambelanes continuaron llevando la cola que ya sabían no existía.

El soldadito de plomo

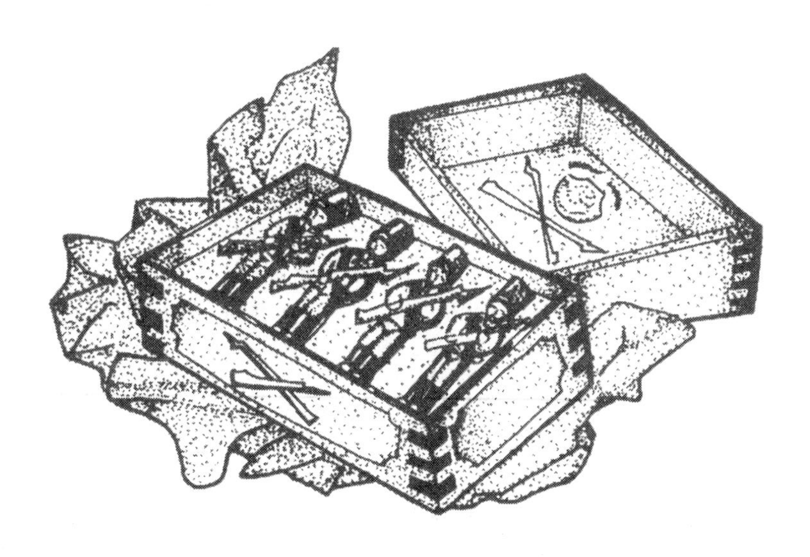

Había una vez veinticinco soldados de plomo, todos hermanos porque todos habían nacido de una antigua cuchara de plomo. Con el arma en el brazo, la mirada fija, el uniforme rojo y azul, tenían un aspecto feroz.

La primera cosa que oyeron en este mundo, cuando levantaron la tapa de la caja en que estaban encerrados fue este grito, que lanzó un niño batiendo las manos:

–¡Soldados de plomo!

El día de su santo se los habían regalado, y se divertía en ponerlos en fila sobre la mesa.

Todos los soldados de plomo se parecían perfectamente a excepción de uno que sólo tenía una pierna. Como lo habían echado en el último molde y ya no quedaba plomo suficiente, se quedó así. Sin embargo, se mantenía tan firme sobre esta pierna como los demás sobre las dos.

Sobre la mesa donde estaban puestos en fila nuestros soldados, había otros muchos juguetes, pero lo más curioso era un precioso castillo de papel.

A través de las pequeñas ventanas se podían ver hasta sus salones.

Afuera se elevaban unos pequeños arbolitos alrededor de un espejo que imitaba un lago, incluso algunos cisnes de cera nadaban y se reflejaban en él.

Todo esto era bello, pero lo más lindo era una pequeña señorita, de pie en la puerta abierta del castillo.

También era de papel, pero tenía un jubón de tela transparente y muy ligero, y encima del hombro, a guisa de bandolera, una pequeña cinta azul, estrecha, en medio de la cual brillaba una lentejuela tan grande como su cara.

La señorita tenía sus dos brazos extendidos, porque era una bailarina y levantaba una pierna en el aire, tan alta, que el soldadito de plomo no pudo descubrirla y pensó que la señorita no tenía, como él, más que una pierna.

–He aquí una mujer que me conviene como esposa –pensó–; así se convertirá en una gran señora. Habita un castillo y yo una caja, en compañía de veinticuatro compañeros, en la que no hallaré sitio adecuado para ella. Sin embargo, es preciso que me relacione con ella.

Y diciendo esto se escondió detrás de una tabaquera. Desde allí podía mirar a placer a la elegante señora, que continuaba sosteniéndose sobre una pierna sin perder el equilibrio.

Por la noche fueron recogidos los demás soldados en su caja y las personas de la casa se fueron a acostar.

Después de esto, los juguetes comenzaron a divertirse solos, pues primero jugaron a la gallina ciega, luego jugaron a hacerse la guerra, y por último dieron un baile.

Los soldados de plomo se agitaban en su caja porque querían asistir a él, pero ¿cómo salir de la caja?

El cascanueces hizo piruetas y el lápiz trazó muchas figuras; llegó a ser tal ruido que el jilguero se despertó y empezó a cantar.

Los únicos que no se movían de su puesto eran el soldado de plomo y la pequeña bailarina. Ella continuaba en la posición inicial y él también.

Llegó la medianoche y ¡pum! la tapa de la tabaquera saltó; pero en lugar de tabaco contenía un pequeño mago. Era un juguete de sorpresa.

–Soldado de plomo –dijo el mago–, procura mirar hacia otra parte.

Pero el soldado hizo como que no lo oía.

–Espera a mañana y verás –continuó el mago.

Al día siguiente, cuando los niños se levantaron, pusieron el soldado de plomo en la ventana, pero de pronto, empujado por el mago o por el viento, cayó de cabeza desde el tercer piso a la calle. ¡Qué trancazo se dio! Quedó con el pie por el aire con todo el cuerpo sobre el sombrero y la bayoneta clavada entre dos losas del piso.

La niñera y el niño bajaron a buscarlo pero aun cuando faltó poco para que lo pisaran, no pudieron verlo. Si el soldado hubiera podido gritar "tengan cuidado", lo habrían encontrado; pero creyó que eso sería deshonrar el uniforme.

Para colmo comenzó a llover, y en breve las gotas se sucedieron sin intervalo, hasta convertirse en un verdadero diluvio. Al terminar la tempestad pasaron dos muchachos:

–¡Ah! –dijo uno–, aquí hay un soldado de plomo, hagámoslo navegar.

Construyeron un barco con un periódico viejo, pusieron dentro al soldado de plomo, y lo hicieron bajar por el arroyo.

Los dos muchachos corrían a su lado y aplaudían. ¡Qué corriente tan fuerte hay en este arroyo! ¡Pero había llovido tanto!

El barco de papel se movía para todos lados, pero a pesar de todo, el soldado de plomo permanecía impasible, con la mirada fija y el arma al brazo.

De pronto fue lanzado el barco por un pequeño canal, donde estaba tan oscuro como en la caja de los soldados.

–¿Qué va a pasar ahora? –pensó–. Sí, sí, seguramente es el mago el que me causa este mal. Sin embargo, si mi bailarina estuviera conmigo en el barco, aunque la oscuridad fuese doblemente profunda, no me importaría.

En breve apareció una gran rata de agua, habitante del canal:

–Muéstrame tu pasaporte.

Pero el soldado de plomo guardó silencio y apretó su fusil.

El barco continuó su camino y la rata la perseguía. ¡Uf!, rechinaba los dientes y le gritaba a las pajas y a los pedacitos de madera:

–Deténganlo, deténganlo, no ha pagado su derecho de peaje y tampoco ha enseñado su pasaporte.

Pero la corriente era cada vez más fuerte, siempre más fuerte aunque ya el soldado veía la luz del día, oía al mismo tiempo un murmullo capaz de asustar al hombre más intrépido.

Al otro lado del canal había un salto de agua tan peligroso para él, como lo es para los hombres una catarata. Estaba ya tan cerca que no podía detenerse: el barco se precipitó en él.

El pobre soldado se mantenía tan firme como le era posible, y nadie se hubiera atrevido a decir que ni siquiera pestañeaba.

Después de haber dado muchas vueltas sobre sí mismo, el barco se llenó de agua; parecía que se iba a hundir. El agua le llegaba al cuello al soldado, y cada vez el barco se hundía más y más. Finalmente se desplegó el papel y el agua cubrió de pronto la cabeza de nuestro hombre.

Entonces se acordó de la gentil bailarina, a la que no volvería a ver más, y creyó oír una voz que cantaba:

Este peligro te advierte
que aquí te aguarda la muerte.

El papel se rompió y el soldado pasó a través de él. En el mismo instante fue devorado por un gran pez.

¡Entonces sí que estuvo todo oscuro para el pobre soldado! Estaba más oscuro que en el canal. Y luego, qué oprimido estaba. Pero siempre intrépido el soldado de plomo se extendió todo lo largo que era con el arma al brazo.

El pez se agitó haciendo espantosos movimientos; por fin se detuvo y pareció traspasarlo una especie de claridad. Dejóse ver la luz y alguien gritó:

–¡Un soldado de plomo!

El pez había sido pescado, expuesto en el mercado, vendido, llevado a la cocina y la cocinera lo había abierto con un gran cuchillo.

Lo tomó con dos dedos por la mitad del cuerpo y lo llevó a la sala donde todos quisieron contemplar a este hombre notable que había viajado en el vientre de un pez.

Sin embargo ¡qué cosas tan raras suceden a veces en el mundo!, el soldado no se sintió bien por eso. Lo colocaron sobre la mesa y allí se encontró en la misma habitación de donde había caído por la ventana. Reconoció a los niños y a los juguetes que estaban sobre la mesa, el precioso castillo con la bonita bailarina que continuaba con una pierna en el aire, por lo que también la consideró intrépida. De tal modo se emocionó el soldado que habría querido llorar plomo, pero esto no era conveniente. La miró y ella también, pero no se dijeron ni una sola palabra.

De repente, y sin la menor razón, un niño lo tomó y lo echó al fuego. Sin duda era el mago de la tabaquera el que tenía la culpa.

El soldado de plomo quedó allí en pie iluminado por la llama viva, experimentando un calor horrible.

Todos sus colores habían desaparecido, pero nadie podía decir si era por la persecución del viaje o por el disgusto.

Continuó mirando a la hermosa señorita y ella lo miró también.

Se sintió fundir, pero siempre firme, se mantenía con el arma al brazo.

De pronto se abrió una puerta, el viento se llevó a la bailarina, que, semejante a una sílfide, voló al fuego, cerca del soldado y desapareció envuelta en llamas.

El soldado de plomo se había convertido en un poco de pasta.

Al día siguiente, cuando la criada recogió las cenizas, se encontró un objeto que tenía la forma de un pequeñito corazón de plomo. En cambio, todo lo que había quedado de la bailarina era una lentejuela que el fuego había puesto negra completamente.

El patito feo

En verano realmente se volvía hermoso el campo con las rubias y doradas mieses que contrastaban con la verde avena y con los prados de un verde más oscuro, cubiertos de montones de heno que aromatizaban el ambiente. Más allá bandadas de cigüeñas cruzaban la campiña erguidas sobre sus rojos y prolongados zancos, cuchicheando misteriosamente el antiguo idioma egipcio de los faraones, porque ellas son las únicas que lo conocen con pureza. También espesos bosques se extendían en torno de los campos y las praderas, y los reflejos de la luz del sol temblaban en la superficie de un gran estanque.

Ante este espectacular paisaje un viejo castillo se levantaba rodeado de profundos fosos llenos de agua y cuyos muros desaparecían bajo un agreste tapiz de hiedra y otras plantas trepadoras que enlazaban sus guirnaldas con las cañas y nenúfares de la orilla, que a su vez formaban una bóveda sobre el agua.

En una tronera de esas murallas un pato hembra había puesto su nido, pero empollando los huevos se impacientaba por ver a los polluelos salir del cascarón, ante el cansancio y la soledad en que le dejaban sus comadres, las cuales, verdaderamente egoístas, pasaban el día zambulléndose y nadando en el agua, sin acordarse de hacerle una visita.

Por fin se rompió el cascarón, abrióse un huevo, sonó un *¡pí, pí!* y se asomó una cabecita de pato. Al día siguiente un segundo pato hizo lo mismo, luego un tercero, y es de advertir que aquellos animalitos desde un principio progresaron tanto, que en breve supieron decir *cuac, cuac,* asomando con gran curiosidad la cabecita entre el follaje que envolvía el nido.

La primer frase que emitieron fue la siguiente:

–¡Qué grande es el mundo!

Y no es extraño, pues respiraban más libremente que en el pequeño hogar que era su cascarón.

¿Ustedes creen que lo que ven es todo lo que hay en el universo? –dijo la mamá pata y continuó con su gran explicación enciclopédica–. Oh no, el mundo se extiende hasta el otro lado del jardín, hasta la iglesia, cuyo campanario he visto una vez, sin pasar de allí. Vamos a ver –añadió levantándose emocionada del nido–. ¿Ya salieron todos? Ah, todavía veo que el huevo más grande permanece intacto. ¿Qué espera? Francamente ya me estoy desesperando.

Y de buena o de mala gana volvió a acurrucarse cubriendo el huevo.

–¿Qué tal va? –le preguntó una pata vieja que fue a visitarla.

–¡Ay! –contestó–, estoy pasando grandes dificultades con uno de mis huevos que no quiere abrirse. En cambio, mira los polluelos, ¿en dónde se han visto patitos más hermosos? ¡Cómo se parecen a su padre! Sin embargo ese truhán ni siquiera una sola vez ha venido a verlos.

–Vamos a revisar ese huevo que no quiere romper –dijo la vieja, y añadió después de examinarlo–. Créeme, es huevo de pava. También yo fui engañada una vez. Primero para empollarlos pasé horribles trabajos, luego para llevar al agua a los recién nacidos, y nunca pude lograr que se metieran. Pero volviendo al huevo, repito que es de pava y yo en tu lugar lo dejaría ahí, y desde luego me dedicaría a enseñar a nadar a los chiquitines.

–¡Bah! –contestó la madre–. Después de tanto tiempo, por qué no cubrirlo algunos días más, ya veremos qué pasa.

–No pierdas el tiempo –contestó la vieja, y se marchó.

Finalmente rompió el huevo, y al grito de *pí, pí* salió un pato muy grande, pero muy feo y mal formado.

–¡Dios mío, qué horrible es! –exclamó la madre–. Éste sí que no se parece a los otros. ¿Será realmente un pavo? Pronto lo sabré. Iremos al agua, y si no entra en ella de buen grado, lo zambullo por fuerza.

A la mañana siguiente con un tiempo magnífico, la madre salió por primera vez con toda su familia y llegó al borde del estanque. ¡Plas!, ya está en el agua. *Cuac, cuac,* dijo, y los polluelos uno tras otro la siguieron, desapareciendo bajo el agua cristalina, emergiendo en seguida y nadando con rapidez. Todos movían las patitas según la tradición, incluso el postrero, o sea el pato pardo procedente del huevo mayor de la pollada.

–Éste no es pavo –dijo la madre–. Si no, vean con qué destreza se sirve de las patas y qué derecho se mantiene. ¡Es hijo mío! Después de todo, bien mirado, no es tan feo como parece a primera vista.

—*Cuac, cuac...* Ahora síganme, hijos míos, vengan conmigo al gran estanque y tendré el gusto de presentarlos a los demás. No se separen de mi lado y tengan mucho cuidado con el gato.

Había mucho barullo en el estanque, un ruido, un zafarrancho extraordinario, pues dos bandadas de patos se disputaban a picotazos una cabeza de anguila, y en lo más duro de la pelea, el gato que parecía dormir acurrucado a la orilla, no hizo más que estirar la pata, llevo a tierra su presa, y la devoró.

–Vean y aprendan hijos míos, así es el mundo –dijo la madre–. Está lleno de sorpresas y acechanzas. Por esto es preciso que desde pequeños aprendan a conducirse según las sabias reglas de la cordura. Así que, doblen el cuello y saluden al viejo pato de raza española que anda por allá. Observen la cinta colorada que lleva en la pata, es una muestra de alta distinción, pues se la han puesto para que la cocinera no lo confunda con los demás, y no lo ponga en el asador. Ahora ensayen para decir *cuac, cuac,* a coro y armoniosamente. No echen los pies hacia adentro, que esto es de mal gusto, es mejor que los echen hacia fuera como yo.

Los polluelos obedecían fielmente los mandatos maternales, pero por mucho que se esmeraban en distinguirse por su actitud y por su porte, los demás patos los miraban de reojo y refunfuñaban diciendo en alta voz:

–¡Vaya... una pollada más! No son nada considerados, pues entre más, menos comida.

–Yo creo que nos las vamos a ver negras –dijo un pato joven y ardoroso, que al ver al patito feo añadió–. ¿Han visto eso? ¡Ah!, a éste sí que no podemos admitirlo.

Y echándosele encima, empezó a darle picotazos en el pescuezo.

–Desgraciado –gritó la madre–, déjale, que el pobrecito no hace daño a nadie.

–No lo niego –contestó el agresor–. Pero a su edad es demasiado grande, y además tan feo que deshonra nuestra casta.

En ese momento se había ido acercando el pato español de la cinta roja, y no pudo menos de encomiar el porte y los modales de la pollada. Pero añadió fijándose en el patito feo:

–¡Lástima que esté entre los demás, que son muy lindos. Por otra parte, parece de una nueva especie de monstruos, cuyas plumas lo hacen más detestable.

–Tal vez tenga razón por su figura –contestó la madre–, pero es muy buen chico, tiene un carácter afable y nada mucho mejor que los restantes. Quizá con el tiempo se pulirá. Creo que su deformidad se debe al haber permanecido en el huevo demasiado tiempo. Y por otra parte –añadió, alisándole cariñosamente el plumaje con el pico, pues lo tenía rizado y descompuesto a causa de los picotazos que el pobre había recibido–, como es un macho, en éstos la hermosura no importa.

–Si usted se conforma, está bien –repuso el pato español–. De todos modos los demás son muy gallardos. Bienvenidos sean todos. Únicamente debo advertirles que si encuentran alguna golosina, como por ejemplo una cabeza de anguila, no se olviden de traérmela. Al fin y al cabo yo soy el jefe del estanque y quiero que se me respete.

La nueva pollada fue muy bien acogida por los demás, excepto al patito feo que se vio perseguido, importunado y picoteado sin cesar. Las hembras se reían de él y lo encontraban ridículo. Había en el corral un pavo que solía pasearse pavoneándose como si fuera dueño de todo el universo, y al ver al pobre patito se hinchó como la vela de un buque impelido por el viento y corrió furioso contra el pobre animal. El pato, acosado de cerca, se arrojó al estanque, con lo que el pavo tuvo que quedarse en la orilla y empezó a dar terribles gritos poniéndose rojo de la ira.

Este patito no gozaba de un instante de reposo, pues no sólo lo zarandeaban continuamente durante el día, sino que hasta de noche el recuerdo de tantas picardías no lo dejaban cerrar los ojos. Día a día sus penas iban en aumento, pues hasta sus hermanos de la pollada se burlaban de él, diciendo:

–¡Ojalá que te atrape el gato, horrible criatura que nos avergüenzas!

Y la misma madre que en un principio lo defendía, acabó por decir:

—¿Por qué no desapareces?

Sin falta lo llenaban de picotazos y lo insultaban a porfía, incluso la mujer encargada de repartirles el alimento, pues solía rechazarlo con el pie cada vez que el desgraciado animal se acercaba deseoso de tomar una mísera porción de sobras.

Finalmente no pudo aguantar más y emprendió vuelo por encima del seto, pasó jardines y campos: los pajarillos que estaban en los brezos huían espantados al oír el extraño rumor de sus alas, todavía torpes e inexpertas.

—¿Por qué habré nacido feo? —decía el patito infeliz, cerrando los ojos para no ver el efecto desastroso que su aparición producía por doquier. Y volando y alejándose cada vez más de los lugares de su nacimiento, llegó al gran pantano en que habitaban los patos silvestres. Se detuvo en aquel sitio, pasando la noche entre los juncos, triste y cansado en extremo.

Al día siguiente, al amanecer, acudieron patos silvestres de todos lados, contemplando con curiosidad al recién llegado.

—¿De dónde vienes? le preguntaron—. ¿A qué casta perteneces?

Y el pato saludaba tímidamente a todo el mundo con aquel embarazo propio de un ser que se avergüenza de su mala figura.

—Puedes envanecerte de ser horriblemente feo —añadieron los patos silvestres—: eso no importa, mientras no se te ocurra la idea de casarte con alguna de nuestras hijas.

¡Cómo había de pensar en casarse el pobrecito, pues lo único que quería era un poco de tolerancia, para buscarse el sustento en el lodo y dormir tranquilo entre las cañas!

Así pasó algunos días hasta que de repente se le presentaron dos gansos silvestres procedentes de lejanas tierras, de los países del norte, pues eran jóvenes y la juventud es animosa y no ceja nunca ante los peligros.

–Hola, compañero –le dijeron–: eres grotesco pero tal vez divertido, de buen grado te admitiríamos en nuestra compañía, y serías, como nosotros, ave de paso. Pero, decídete. En el pantano más próximo hay algunos gansos silvestres muy agradables, entre ellos varias hembras que como no tienen experiencia, no se fijan en el físico; ven con nosotros, y tal vez, a pesar de tu fealdad, encuentres novia.

De repente se oyó pum, pum, y los dos gansos cayeron muertos en el agua. Pum, pum, se oyó nuevamente y grandes bandadas de aves acuáticas se elevaron desde los cañaverales huyendo en todas direcciones. Era una gran cacería, pues los disparos resonaban como cohetes, y mientras los cazadores llegaban a la orilla de la laguna y algunos se encaramaban a las ramas de los sauces y álamos que se proyectaban sobre el agua, el humo azulado de la pólvora se esparcía en el espacio. También los perros corrían por todos lados, y se arrojaban al agua, rompiendo y doblando juncos y cañas, acercándose al escondite del desventurado pato. ¡Qué susto pasó en aquellos instantes! Pues al ir a encoger la cabeza y ocultarla bajo el ala para perder de vista aquel cuadro de horrores, se encontró de repente a un enorme perro, con los ojos centelleantes, la boca abierta, la lengua fuera y las quijadas armadas de formidables colmillos. Éste examinó al pato, lo husmeó, rechinó los dientes y volvió la espalda, yéndose, sin tocarle, en busca de una presa menos fea.

–Gracias a Dios –dijo el pato, recobrando la serenidad–. Qué bueno que me haya encontrado demasiado feo y le haya producido repugnancia. Es la primera vez que la fealdad me sirve de algo.

Por esta razón se escondió en lo más espeso de los juncales, en tanto que el plomo hendía el aire silbando y los disparos se sucedían sin descanso. La diversión duró todo el día. Por fin los cazadores tocaron retirada. El pobre pato permaneció algunas horas sin moverse, hasta que después de tomar mil precauciones salió del agua, y a toda prisa atravesó campos y prados, afrontando una terrible tormenta que no le permitía avanzar con la rapidez que hubiera deseado, sin que por eso buscase abrigo ni suspendiese la marcha, deseoso de alejarse cuanto antes del maldito pantano.

Al anochecer llegó a una pequeña y miserable choza campestre, tan vieja y arruinada, que no sabiendo por qué lado caerse se mantenía en pie. El viento soplaba con tal fuerza alrededor del fugitivo, que para no caer derribado le fue preciso resguardarse al abrigo de la choza. Notó que a la puerta le faltaban los goznes, y viendo una abertura, se metió a la habitación. Vivía en aquella choza una vieja con su gato y una gallina. El gato, a quien llamaba *hijo mío,* salió a arquear el lomo y hacer ron, ron, como también se daba buenas mañas en enfurruñarse y echar chispas siempre que en la oscuridad lo acariciaban a contra pelo. En cuanto a la gallina, tenía muy cortas las piernas; pero ponía excelentes huevos y la buena mujer la quería como a una hija.

No notaron la presencia del intruso hasta el amanecer: el gato empezó a gruñir y la gallina a cacarear.

–¿A ver qué hay por ahí? –preguntó la vieja mirando a su alrededor. Y al observar al fugitivo acurrucado en un rincón, lo tomó por hembra, y exclamó–: ¡Qué suerte! Voy a tener huevos de pato, y los haré empollar.

Con esta idea prodigó las más finas atenciones al recién llegado, lo alimentó bien, y aquéllos fueron los primeros momentos felices de su vida. Sin embargo, después de tres semanas, cuando la mujer notó que los huevos no venían, volvieron a empezar las tribulaciones para el pobre patito.

La gallina era la señora de la casa, no menos, que al hablar, decía siempre "nosotros y los otros", entendiéndose por nosotros ella, la vieja y el gato, y por los otros el resto del universo que en su concepto estaba muy por debajo de los tres. El pato se permitió manifestar su opinión contraria, y encolerizada la gallina, le preguntó:

–¿Sabes poner huevos?

–No.

–Entonces calla boca, que al fin y al cabo no eres nadie en este mundo.

Y el gato preguntó a su vez:

–¿Sabes arquear el lomo, hacer ron, ron y caer siempre de pie?

–No.

–Entonces, ¿con qué derecho quieres tener opinión propia? Conténtate con escuchar a la gente razonable.

Y el pobre patito no tuvo más remedio que callarse, acurrucándose tristemente en un rincón. Nuevamente se sentía un desgraciado.

Pero un aire fresco y la luz del sol penetraron en la habitación y sintiendo irresistibles deseos de nadar, lo consultó con la gallina.

–Era de esperarse –dijo ésta con desdén–: eso es natural, como nada tienes que hacer te asaltan esas ideas estrafalarias. Ya verás, pon huevos o haz ron, ron, y te pasarán.

–¡Sin embargo es tan agradable tirarse al agua, sumergir en ella la cabeza y zambullirse hasta el fondo!

–Yo creo –repuso la gallina– que estás loco. Anda, pregúntale al gato, que es el ser más razonable que conozco, si a él le gusta eso de meterse en el agua. Y no he de decirte lo que yo opino sobre esta actividad. Pregúntale además a nuestra ama, porque nadie tiene más experiencia, pregúntale y te dirá si le vendría bien eso de chapotear en el agua todo el día.

–Veo que no me comprendes –se atrevió a balbucear el pato.

–¿Que no te comprendo? Pues ¿qué, te has creído? ¿Ser más sabio que el gato y nuestra ama? Eso sin considerarme. Vaya, muchacho, infórmate y no seas vanidoso pues si no procuras aplacar tu orgullo, Dios te abandonará. Recuerda que Dios te ha traído a una casa muy bien abrigada, y que gozas de una compañía de la cual podrías aprovecharte, para instruirte un poco. Por mi parte, me ofrezco a pulir tu inteligencia, pues te quiero bien, y si te canto verdades un tanto amargas, es porque en eso precisamente se conocen los amigos. En el mundo no cabe hacer más que dos cosas de provecho: poner huevos o hacer ron, ron. Procura aprender cualquiera de las dos.

–Creo que lo mejor será que me vaya a dar una vuelta por el mundo, para distraerme un poco.

–Muy bien, un viaje no te sentará mal, pues veo que eres muy ignorante.

Y el patito feo se fue, y llegó a un pantano solitario, por donde se dio a nadar a sus anchas yendo y volviendo, zambulléndose y remojándose y procurando olvidar en estos ejercicios las impertinencias de la gallina.

Llegó el otoño y las hojas de los árboles se pusieron amarillas, se secaron y el viento se las llevó formando con ellas remolinos en el aire. Después llegó el invierno con espesas nubes preñadas de nieve que tapaban el sol, y bandadas de cuervos acosados por el frío graznaban cruzando el espacio. Así, con un tiempo tan malo, pasó el pobre pato feo enormes dificultades.

No obstante, una tarde tuvo un momento de felicidad. Fue en un día magnífico cuando el sol tocaba a su ocaso envuelto entre soberbios arreboles de un color rojo incandescente. De súbito pasó una bandada de aves grandes y soberbias, pues eran de una blancura deslumbradora, tenían el cuello largo y flexible y lo doblaban graciosamente. No eran ni más ni menos que cisnes. Emitían un grito especial, desplegaban sus anchas alas y volaban hacia los países cálidos del mediodía. Iban remontando el espacio, subiendo siempre mientras el patito feo experimentaba al verlos una sensación desconocida. Se revolvió en el agua, extendió el cuello hacia los viajeros y lanzó un grito singular, tan penetrante que tuvo miedo de sí mismo.

Pero no sucedió nada. ¡Sin conocerlas, sin saber siquiera adónde se dirigían, cómo quería a aquellas hermosas aves! Cuando las perdió de vista, poseído de una extraña agitación, se sumergió hasta el fondo del agua, y si bien reapareció de nuevo a la superficie, notó que nunca había estado tan conmovido como en aquellos momentos. ¡Cómo las admiraba! Sin embargo no sentía el menor asomo de envidia. El pobrecito pato feo que se habría dado por dichoso si los patos hubiesen querido tolerarle en su compañía, se tenía por la más repugnante de las criaturas.

Para aumentar sus penurias el invierno era cada vez más crudo, iban helándose los estanques y el pato nadaba sin cesar y agitaba sus remos de día y de noche, para evitar que el hielo se cuajase a su alrededor. Pero a pesar de su incesante trabajo, el círculo en que se movía iba cerrándose cada vez más, hasta que por fin una noche, cansadísimo, se entorpecieron sus miembros y se quedó aprisionado en el hielo.

A la mañana siguiente cuando pasaba un campesino por la orilla, lo observó en aquel estado, rompió el hielo golpeándolo con los zuecos, y se llevó el pato a su casa entregándolo a su mujer. El calor le volvió a la vida. Los niños quisieron jugar con él, pero receloso al recuerdo de las injurias de que había sido objeto, se figuró que iban a maltratarlo, y huyendo despavorido, cayó en un caldero de leche, derribándolo. La mujer enfurecida cogió las tenazas, y el pato, corriendo de un lado a otro, se metió en un barril de harina levantando nubes de polvo, con lo que se prolongó la escena largo rato. La mujer y los niños riendo y gritando le acosaban por todos lados, hasta que una ráfaga de viento abrió la puerta y el pobre animal pudo escabullirse y ocultarse entre unas ramas.

En fin, pasó muchas miserias y trabajos durante aquel crudo invierno. Pero felizmente reapareció el sol, cantó la alondra y brilló la primavera tan hermosa.

En tanto, el pato había crecido mucho pues sus alas ya eran robustas, y sin darse cuenta, un día se elevó en los aires, alcanzando una altura que nunca había imaginado. Después de volar por el espacio a su gusto, bajó a tierra y se encontró en medio de un hermoso parque, lleno de saúces y duraznos floridos. Por entre las flores y arbustos serpenteaba un transparente arroyo que iba a desembocar en un grandioso estanque rodeado de césped. ¡Qué bello era aquel sitio, con las sombras que se reflejaban! De pronto el pato vio tres hermosos cisnes meciéndose en el lago. ¡Qué soberbias aves! ¡Y con qué rapidez surcaban el agua, en tanto que el viento hinchaba sus alas desplegadas, como las velas de un buque!

Al verlos, el pato se sintió dominado por una dulce melancolía, y se dijo:

–No esperaré más, quiero ir con ellos, con esas aves regias, quiero admirarles de cerca, a pesar de que sé que me matarán y con razón de sobra pues soy feo y no tengo derecho a acercarme. Pero ya no me importa, porque prefiero morir bajo sus golpes, a verme maltratado por los indignos patos, sí, por mis hermanos, menospreciado por las gallinas y rechazado por todo el mundo.

Decidido se hizo al agua nadando hacia el encuentro de los cisnes, y éstos por su parte, en cuanto lo vieron, se precipitaron hacia él batiendo sus alas.

–Ya sé que van a matarme –dijo el aparente patito feo e inclinó la cabeza hacia la superficie del agua, esperando la muerte. ¿Pero qué vio en el espejo que formaba el agua transparente? Su propia imagen, que ya no era como antes el pato feo, de un color pardo sucio y repugnante sino un precioso cisne. ¿Qué importaba haber sido empollado por una pata, habiendo salido de un huevo de cisne? Al fin y al cabo la raza prevalece siempre y un día u otro se revela.

Lejos de sentir el joven cisne sus antiguas penas y desventuras, por el contrario, contribuyeron éstas a hacerle más sabrosa la felicidad que le había cabido, sobre todo al ver a los cisnes que le rodeaban con solícito interés y le acariciaban blandamente con sus picos.

Algunos niños se acercaron al estanque a echar pan y verdura a los cisnes, y el más pequeño gritó:

–Hay otro nuevo.

–Sí, sí, es verdad –exclamaron los demás, saltando y dando palmadas de contento. Después corrieron a llevar la noticia a sus padres y volvieron al estanque trayendo pasteles y otras golosinas para obsequiar al recién llegado.

–¡Qué guapo, gallardo y gracioso es! ¡Es el más bonito!

El cisne se sentía confuso y avergonzado, y en vez de pavonearse lleno de soberbia como tantos que se elevan desde la nada, ocultó la cabeza bajo el ala, pensando en las crueles e injustas persecuciones que había tenido que sufrir antes de oírse llamar la más hermosa de aquellas magníficas aves. ¡Y pensar que iba a reinar con ellas en aquel encantador estanque rodeado de deliciosos bosquecillos! Irguió su cuello gracioso y flexible, levantó sus alas, por entre las cuales zumbó la brisa, y se deslizó con elegante abandono por la superficie de las aguas, exclamando interiormente, lleno de alegría:

–¡Ni en sueños hubiera podido imaginar tanta felicidad en aquellos tiempos en que no era más que el pobre patito feo!

La Bella durmiente

Había una vez un rey y una reina que se lamentaban amargamente por no tener hijos.

En uno de esos días cuando la reina se bañaba en un río, apareció una rana que le dijo:

–Antes de un año, se cumplirá lo que deseas. Tendrás una bella hija.

Nadie supo cómo, pero así ocurrió y los reyes tuvieron una niña tan bella, que los puso locos de alegría. Por este motivo dieron una fiesta gigantesca, y entre los invitados estaban todos sus parientes, amigos y demás gente que conocían, además de las hadas. A éstas las invitaron para que hicieran regalos extraordinarios a la bella niña. En total eran 13 hadas de aquel reino, pero como los reyes no tenían más que doce platos de oro para darles de comer, entonces invitaron solamente a doce hadas.

Esta fiesta fue inolvidable y, al final de ésta, las hadas dieron sus regalos a la bella niña. Una le dio la bondad; otra, la belleza; otra más, la riqueza. De esta manera, todas fueron entregando sus regalos a la bella niña. Eran las mejores cosas de este mundo.

Cuando faltaba de pasar una de las hadas para entregar su obsequio, entró rápidamente y furiosa aquella que no fue invitada y lanzó una maldición sobre la niña. Gritó:

–¡Cuando esta niña cumpla quince años, se pinchará el dedo con un huso y morirá!

El hada mala se fue tan rápido como llegó. Los que estaban en la fiesta se quedaron aterrorizados y mudos de espanto. Entonces, cuando pasó la última hada, la que todavía no había obsequiado a la niña, quiso, sin saber realmente cómo, destruir el maleficio de su enfurecida compañera, quiso al menos hacer algo para suavizar la maldición y dijo:

–No, esta niña no morirá a los quince años, sino que se quedará dormida durante cien años.

Pasaron los años y el rey, para proteger a su hermosa niña de la maldición del hada maldita, mandó que quemaran todos los husos del reino. Mientras tanto la bella niña crecía con todas las cosas buenas que le habían concedido las hadas, como ser hermosa, buena y lista, y por si faltara algo, todo el mundo la quería mucho.

Pero el día en que cumplió quince años, el rey y la reina estaban de viaje, y la bella niña se quedó sola. Empezó a recorrer todo el castillo, se metió por los cuartos que no conocía hasta que llegó a una torre muy antigua, subió por la escalerilla y al final vio una puerta, en la cerradura había una llave y la bella niña abrió. Entonces vio a una mujer muy viejecita que hilaba lino con huso.

–Buen día, tenga –dijo la princesita–. ¿Qué hace?

–Hilando ¿no ves? –dijo la viejecita.

–¿Y qué es lo que gira con rapidez?

Como nunca había visto hilar a nadie, la niña tomó el huso para verlo bien y, como había dicho el hada malvada, en cuanto la princesa tocó el huso se pinchó un dedo, se cayó y se quedó dormida. Desde ese momento, todos en el castillo se quedaron dormidos, hasta el rey y la reina, que acababan de entrar. Fue tal el efecto que hasta los caballos se durmieron en la cuadra y los perros en el patio, las palomas en el tejado y las moscas en la pared. Increíblemente el fuego se durmió en las chimeneas y el cocinero en la cocina. Además el viento y las hojas de los árboles se quedaron quietos.

De repente, empezó a crecer un muro de zarzas que cubrió todo el castillo, muy pronto no se veía ni la bandera en lo alto de la torre más alta. Entre aquellas zarzas se daban rosas silvestres, y por todo el país se contaba la historia de la bella hija del rey, que estaba dormida con sus padres y toda su corte en un castillo cubierto de zarzas. Tal fue la difusión de esta historia que de vez en cuando llegaba a aquella tierra algún valeroso príncipe que quería pasar entre las zarzas y ver el castillo encantado, pero las zarzas hacían su trabajo y enredaban al que se acercaba, y ya no lo soltaban más.

Cuando todo parecía que se iba a quedar en el olvido, llegó a aquella tierra un príncipe que oyó contar a un viejecito la historia del muro de zarzas y del castillo encantado, donde dormía una bella princesa con toda su corte. También el viejecillo le contó que muchos príncipes habían llegado allí y habían querido pasar por las zarzas, pero se habían enredado y habían muerto. Al oír aquello, dijo el príncipe:

–Como yo soy valiente e intrépido, intentaré ver a esa bella princesa dormida.

El viejecillo le dijo que no debía ir, porque ya habían muerto muchos valientes, pero el príncipe no hizo caso. Aquel día se cumplían los cien años del sueño de la princesa, y se tenía que despertar. Cuando el príncipe llegó al muro, todas las zarzas estaban llenas de flores: se abrieron para dejarle pasar y se cerraron en cuanto él pasó. Una vez dentro, se dirigió al patio del castillo y desde ahí vio dormidos a los caballos, a los perros, a las palomas sobre el tejado, con la cabeza debajo del ala, a las moscas en la pared, al cocinero con el brazo levantado, a una criada sentada con un pollo a medio desplumar. Así siguió su recorrido por el castillo y en el salón del trono vio al rey y a la reina también dormidos con toda su corte. Como todos dormían, no se oía nada en todo el castillo.

Aun así, como era valeroso, el príncipe recorrió todos los cuartos y llegó a la torre donde estaba la bella princesita dormida. Cuando la vio allí, sobre la cama, se quedó impresionado por su belleza, el príncipe no se cansaba de mirarla. Fue tal la atracción que sintió que se acercó y le dio un beso.

Inmediatamente la bella princesa abrió los ojos y miró al valeroso príncipe. Emocionados, bajaron a donde estaban el rey y la reina. En ese momento todos se despertaron: los de la corte, los caballos, los perros, las palomas del tejado, que se echaron a volar inmediatamente; las moscas cambiaron de pared. También el fuego saltó en las chimeneas, la comida volvió a hervir en los pucheros y el cocinero, que ya tenía el brazo levantado, le dio al pinche una bofetada. Más allá, la criada siguió desplumando al pollo como si no hubiera pasado nada, y la bella princesita dijo que quería casarse con aquel príncipe. Celebraron la boda con una fiesta espléndida. Desde entonces, todos gozaron de felicidad y alegría hasta la eternidad.

El gato con botas

Había una vez un molinero que tenía un molino de viento, tres hijos, un burro y un gato. Desde muy pequeños, los hijos habían trabajado moliendo el grano; el burro, como era natural, trabajaba llevando sacos de harina, y el gato trabajaba cazando los ratones del molino.

Pero en cuanto el molinero murió, los hijos se repartieron la herencia: el mayor se quedó con el molino y el segundo con el burro. El tercero cogió el gato, porque no le quedaba otra cosa; no obstante se quejaba de su suerte y decía:

–¡Vaya una herencia que me tocó! Porque mi hermano mayor podrá moler el trigo, el segundo irá montado en burro, pero yo ¿qué voy a hacer con un gato? Como no me haga travesuras no sé para qué me va a servir.

Entonces el gato indignado le dijo con su voz suave:

–Oye, no me vayas a matar. Mejor hazme unas buenas botas, y podré lucirme entre la gente y te ayudaré.

El hijo del molinero se asombró del talento del gato, y le mandó a hacer un par de buenas botas. Cuando se las terminaron, el gato se las puso, metió un poco de trigo en un talego, y salió andando como una persona, con el talego al hombro.

Como en aquel país había un rey que comía perdices y éstas ya no se podían encontrar con facilidad, el gato pensó sacar provecho del capricho del rey. Para eso se fue al campo, abrió el talego, echó por el suelo el trigo y colocó la cuerda del talego formando un lazo por la tierra; escondió detrás de unas matas el otro cabo de la cuerda, y se escondió él también a esperar a sus víctimas.

Las ingenuas perdices llegaron casi de inmediato a comerse el trigo, y el gato las fue cazando y las metió en el talego. Cuando ya lo tuvo lleno, lo ató bien y se lo echó al hombro y se fue hacia el palacio del rey.

Al llegar a las puertas del palacio, un guardia le gritó:

–¡Alto! ¿Quién vive?

–¡Pues yo, que quiero ver al rey!

–¿Estás loco? ¡Un gato que pretende ver al rey!

Y entonces dijo el otro guardia:

–No estaría mal dejarlo pasar, pues el pobre rey se aburre mucho y tal vez le divertiría ver este gato con botas.

Así que el gato entró a ver al rey, le hizo una reverencia y dijo con voz firme:

–Mi señor el conde me envía a traer a Su Majestad estas perdices.

El rey al verlas se puso contentísimo, por lo que mandó que le dieran mucho dinero al gato. El gato metió su dinero en el talego y el rey dijo:

–No olvides llevar el dinero a tu amo, y dale las gracias de mi parte por su regalo.

Mientras tanto, el hijo menor estaba en su casa muy triste, porque se había gastado el dinero que le quedaba en las botas del gato. De pronto se abrió la puerta y el gato entró, dejó el saco a los pies de su amo, lo desató, le enseñó todo aquel dinero y dijo:

–Aquí tienes lo que gastaste por las botas que me has comprado y aún más. Y de parte del rey, que muchos recuerdos y que muchas gracias.

El molinero menor se quedó muy sorprendido ya que le encantaba tener mucho dinero, pero no comprendía el recado del rey. Entonces el gato le explicó su aventura mientras se quitaba las botas, y luego le dijo:

–Hoy te he traído mucho dinero, pero mañana me volveré a poner las botas y haré algo más por ti. Ah, por cierto, que le he dicho al rey que eres un conde.

Y a la mañana siguiente el gato se puso las botas y salió al campo, cazó otro talego de perdices, se las llevó al rey y éste le dio otro montón de dinero para su amo. De esta manera estuvo el gato muchos días, cazando perdices y llevándoselas al rey. Como en el palacio real ya lo conocían todos y lo querían mucho, él entraba allí como si fuera su casa.

Un día estaba el gato con botas en la cocina del rey calentándose junto al fuego, cuando entró un cochero viejo, refunfuñando:

–¡Me lleva con este rey y la princesa! Ahora que iba a beberme unas copas en la taberna con mis amigos, me manda llamar para que les lleve de paseo por las orillas del lago.

El gato con botas no perdió tiempo. Se fue corriendo a casa de su amo, y le llamó desde lejos, gritando:

–¡Si quieres ser un conde de verdad, vete en seguida al lago y métete en el agua!

Desconcertado, el hijo menor del molinero no sabía qué hacer, pero como su gato era tan listo, le obedeció. Se fue al lago, se quitó la ropa y se metió en el agua. En ese momento, el gato cogió la ropa de su amo y la escondió entre las matas de la orilla.

Casi al mismo tiempo llegó la carroza del rey, y el gato la paró y se puso a gritar:

–¡Majestad, Majestad! ¡Qué susto! Mi amo se estaba bañando en el lago, cuando llegaron unos ladrones y le quitaron su ropa. Y como no puede salir del agua, puede coger una pulmonía.

El rey mandó a uno de sus criados a palacio, a buscar uno de sus vestidos reales para el amo del gato. Entonces el hijo menor del molinero se puso los vestidos del rey.

Como el rey estaba creído que aquel muchacho era un conde, y estaba muy agradecido por todas las perdices que le había mandado, le hizo subir a su carroza. La princesa se alegró, porque aquel joven era muy guapo, y con el traje del rey lo estaba mucho más.

Mientras la carroza seguía por el camino, el gato se adelantó y llegó a una pradera donde había muchos trabajadores segando heno. El gato les preguntó:

–¿De quién es este terreno?

–Del brujo del pueblo –le contestaron los campesinos.

Y el gato que era muy ocurrente, les dijo:

–Miren, amigos, como dentro de unos momentos va a pasar la carroza del rey, cuando pregunte quién es el amo de este campo, tienen que decir: "Es del señor conde". Si no hacen lo que les digo, les pasará una desgracia.

El gato con botas siguió corriendo hasta llegar a un trigal muy grande, a unos segadores que trabajaban en él les preguntó:

–¿De quién es este trigal?

–Del brujo del pueblo.

El gato con botas les dijo lo mismo que a los campesinos, que si el rey preguntaba quién era el amo del trigal, dijeran que era el conde.

De esta manera siguió corriendo y llegó a un hermoso bosque de robles, donde había muchos leñadores cortando árboles. Entonces el gato les preguntó:

–¿Quién es el dueño de este bosque?

–El brujo del pueblo –dijeron los leñadores. Luego el gato con botas repitió las indicaciones de que si el rey preguntaba quién era el amo del bosque, dijeran que era el conde.

El gato con botas continuó corriendo por el camino y todos se le quedaban viendo, porque resultaba muy raro ver un gato con botas caminando como una persona. Después de un rato llegó al palacio del brujo y entró en el salón. El brujo estaba allí sentado, y el gato con botas le hizo una reverencia y le dijo:

–¡Oh gran hechicero, oh sabio! Me he enterado que puedes convertirte en el animal que quieras, pero que no te puedes convertir en elefante. ¿Por qué?

–¿Que no me puedo convertir en elefante? ¡Mira!

Y, en un momento, el brujo se convirtió en un enorme elefante.

–¡Maravilloso! –dijo el gato con botas–. ¿Y puedes convertirte en león?

–Eso es un juego para mí –dijo el brujo, y se convirtió en león.

–No cabe duda, ¡eres un verdadero artista! –dijo el gato con botas, un poquitín asustado del león que tenía enfrente–. Pero seguramente te será difícil convertirte en un animal pequeño, por ejemplo, en un ratoncito...

–¿Difícil? ¡Qué tontería!

Entonces el hechicero se convirtió en ratón, y de inmediato el gato con botas se lanzó sobre él y se lo comió.

Mientras tanto el rey, su hija y el "conde" iban en la carroza y pasaron al lado del prado donde segaban heno, y el rey preguntó a los campesinos:

–¿De quién es este terreno?

–Del señor conde –dijeron los campesinos.

–Tienes una buena finca, conde –dijo el rey al hijo menor del molinero.

Luego pasaron junto al trigal, y el rey preguntó a los segadores:

–¿De quién son estas tierras?

–Del señor conde, Majestad –contestaron los hombres.

–Vaya, amigo mío, qué buenas tierras tienes –dijo el rey.

Y pasaron junto al bosque de robles, y el rey preguntó a los leñadores:

–¿De quién es este bosque?

–Del señor conde, Majestad –contestaron los leñadores.

El rey miró al hijo menor del molinero con admiración y le dijo:

–Debes ser un hombre muy rico, conde. Ni yo mismo tengo un bosque tan magnífico como este.

Por fin llegó la carroza al pie de un palacio grande y lujoso, que era el del brujo. Desde lo alto de la escalera estaba el gato, que salió a recibir al rey, le abrió la puerta de la carroza con una reverencia, y dijo:

–Majestad, entre en el palacio de mi señor el conde, que toda la vida recordará este honor.

El rey bajó de la carroza, se quedó admirado del palacio, incluso le entró un poquito de envidia, porque su palacio real no era tan grande ni tan bonito. Después el hijo del molinero dio el brazo a la princesa y la llevó al salón principal, que estaba lleno de adornos de oro y de perlas. El pobre hijo del molinero no podía creer el haberse convertido en un hombre rico y noble, gracias a su gato. Lo mejor fue que la princesa quiso casarse con él, y cuando se celebró la boda, el gato iba delante de los novios echando flores con mucha alegría.

Pasó el tiempo y cuando el rey se hizo viejecito y murió, el marido de su hija se quedó de rey de aquel país, y como todo se lo debía a su gato, lo nombró gran chambelán de la Corte, y desde ese momento, el gato con botas comió los mejores manjares que nunca imaginó.

Pulgarcito

Había una vez un hombre humilde que estaba una noche atizando el fuego, mientras su mujer hilaba. El hombre dijo de pronto:

–¡Es una gran tristeza que en nuestra casa no haya niños para escuchar sus risas y juegos, como en las otras!

–Así es querido –dijo la mujer–. Me gustaría tanto tener uno aunque fuera pequeñísimo, como mi dedo pulgar. No pido más.

Su deseo se cumplió, pues después de siete meses, nació un bebé muy extraño en cuanto al tamaño y no por lo demás, ya que tenía el tamaño del dedo pulgar, por lo que los padres dijeron:

–No importa, prometimos que no nos importaría que fuera pequeñísimo, de todas formas le querremos mucho.

Por el tamaño del bebé, llamaron al niño Pulgarcito. Aunque lo alimentaban bien el niño no crecía. En cambio, resultó muy listillo y colaborador.

Un día, cuando su padre se preparaba para ir al bosque a cortar leña, comentó:

–¡Estaría bien que alguien me ayudara con el carro! –Pulgarcito al escucharle dijo:

–Padre, yo iré con el carro a buscarte al bosque.

El labrador soltó la carcajada:

–¡Qué cosas se te ocurren hijo! Eres demasiado chico para llevar las riendas.

–Papá, tú no te preocupes. Si mi madre me ayuda a enganchar el carro, yo me meteré en la oreja del caballo y le daré indicaciones.

–Está bien, veremos si funciona.

Al pasar unas horas, la tierna madre enganchó el carro y metió a Pulgarcito en la oreja del caballo; y el chiquillo iba diciendo:

–¡Arre caballo! ¡Más de prisa! ¡Oh, oh, oh!

Cuando se dirigían hacia el bosque aparecieron dos hombres en el camino, y se sorprendieron.

–¿Qué sucede? Pero si va sin carretero, sin embargo oímos que alguien guía con su voz al caballo. Aquí hay algo muy raro. Vamos a ver.

El carro llegó al bosque, se paró donde estaba el padre cortando leña y Pulgarcito gritó:

–¡Ya llegué papá! Por favor, ayúdame a bajar.

El padre sujetó al caballo con la mano izquierda, y con la derecha sacó a su pequeñísimo hijo de la oreja y le dejó encima de una paja. Mientras los dos forasteros se quedaron muy sorprendidos al ver a Pulgarcito, y dijeron:

–¡Recórcholis, si pudiéramos apoderarnos del pequeñín nos haríamos ricos en las ferias! Vamos a hacerle una propuesta de compra al papá.

Se acercaron al papá y le preguntaron:
–Te compramos al pequeñín. No tendrías de qué preocuparte.
–¡Están locos! –dijo el padre–. Es lo que más quiero en el mundo. ¡Eso no se vende!
Pero Pulgarcito, al escuchar lo que pasaba, le dijo al oído:
–Tú véndeme papá. No te preocupes que yo volveré.
Sin pensarlo más por la confianza que tenía, el padre vendió a Pulgarcito por una considerable cantidad y los hombres preguntaron al pequeñín:
–¿Dónde quieres que te llevemos?
–En su sombrero, pues así podré pasearme y veré bien el paisaje, y no me caeré.
Así lo hicieron, se despidieron del padre y se marcharon caminando hasta la noche, y de pronto dijo Pulgarcito:
–¡Bájenme por favor. ¡Tengo una urgencia!
–No, quédate ahí arriba –dijo el hombre que llevaba a Pulgarcito en su sombrero–. No te preocupes, tu urgencia la puedes hacer desde ahí.
–¡No, cómo vas a creer! ¡No se vería bien! –dijo Pulgarcito–. ¡Por favor!
El hombre le cumplió el deseo a Pulgarcito y lo bajó al lado del camino, quien se echó a correr entre las hierbas y se ocultó en el escondite de un conejo.
–¡Buenas noches, señores! ¡Hasta luego! ¡Aquí me quedo!
De esta forma se burló de los dos hombres, y aunque intentaron recuperarlo Pulgarcito se había escondido bien adentro y no lo pudieron sacar. Luego

de intentarlo y fracasar, los dos hombres muy enojados se fueron.

Al verse solo, Pulgarcito buscó refugio para no quedarse en la intemperie. Encontró una concha de caracol vacía, para pasar la noche. Se metió y cuando ya se estaba durmiendo, escuchó a dos hombres, y uno de ellos decía:

–¿Cómo le robaremos plata y el dinero al cura?

–¡Yo te lo diré! –gritó Pulgarcito.

–¡Eh! ¿Qué fue eso? –preguntó asustado uno de los ladrones.

–¡Aquí, estoy en la concha del caracol! ¡Llévenme con ustedes!

Los ladrones buscaron hasta que al fin encontraron a Pulgarcito y lo levantaron.

–¡Vaya cosa! ¿Y tú nos quieres enseñar a robar?

–¡Claro! Yo puedo meterme entre las cosas del cura, y le sacaré lo que quieran.

–Viéndolo bien, no está mal –dijeron los ladrones–. Está bien, te llevaremos.

Después de un rato llegaron a la casa del cura, y Pulgarcito se coló entre las rejas. Ya dentro del cuarto, se puso a gritar:

–¿Qué quieren robar?

Los ladrones, asustados, dijeron:

–¡Shhh..., shhh! ¡Habla bajito, que vas a despertar a todos!

Pero Pulgarcito siguió gritando:

–¿Qué quieren llevarse?

El ama de llaves del cura, que dormía en el cuarto de al lado, escuchó a Pulgarcito. Asustados, los ladrones corrieron, aunque regresaron pues pensaron que el pequeñín les había hecho una broma y le dijeron en voz baja:

–Ya, por favor, danos algo.

Pero Pulgarcito volvió a gritar con todas sus fuerzas:

–¿Qué saco de aquí? ¡Pongan las manos!

De nuevo el ama de llaves le escuchó y se bajó de la cama para abrir la puerta. Los ladrones otra vez salieron corriendo. Entonces Pulgarcito aprovechó para meterse en el pajar, y el ama del cura se volvió a la cama, después de checar toda la casa, pensando que habría soñado.

Después, Pulgarcito se fue a descansar en un montón de paja, pensando en regresar a su casa, sin embargo, le esperaban más aventuras.

Una de ellas fue ahí mismo pues al amanecer, el ama de llaves tomó del montón de paja un puñado de heno donde se encontraba Pulgarcito. Tan dormido estaba que no se dio cuenta, despertó por el movimiento en el hocico de una vaca.

–¡Válgame Dios! Esto se mueve como una trituradora.

Pero no tardó en darse cuenta de lo que pasaba, y tuvo que hacer malabares para que no lo mascara la vaca. Al fin consiguió escurrirse con un bocado de hierba al estómago de la vaca.

–¡Qué cuarto tan oscuro, no se ve nada.

Pero como iba llenándose más y más de hierba, Pulgarcito se asustó y empezó a gritar:

–¡No echen más, pues me ahogaré!

El ama se llevó el susto de su vida al escuchar hablara a la panza de la vaca, por lo que corrió a decirle al cura:

–¡La panza de la vaca está hablando!

–Vamos, mujer, estás soñando, no digas tonterías –dijo el cura, pero fue a ver a la vaca. Y al entrar en el establo, oyó los gritos:

–¡Ya no echen hierba! ¡Que me puedo ahogar!

El pobre cura se quedó tieso, pensó que a la vaca se le había metido el diablo en el cuerpo y mandó que la mataran. Pero el carnicero tiró a la basura el estómago de la vaca, y ahí estaba Pulgarcito. Cuando intentaba salir del estómago de la vaca, llegó un lobo y se tragó de un bocado el estómago de la vaca, con todo y Pulgarcito. El pequeñín no se dio por vencido y le habló al lobo desde su barriga:

–Amigo lobito yo sé dónde hay buena comida.

–¿Dónde? –preguntó el lobito hambriento.

–En una casa que ahora te diré; hay una despensa para que te des un banquetazo.

Entonces le dio santo y seña de la casa de sus padres para que el lobo fuera hasta allá. Cuando estuvo ahí comió tanto, que cuando quiso salir no pudo. Ese momento lo aprovechó Pulgarcito para gritar con todas sus fuerzas desde la barriga del lobo. Deseperado el lobo le decía:

–¡Por favor, cállate! ¡Los vas a despertar!

–¡No me importa! Lo que quiero es divertirme.

Al fin le oyeron sus padres y corrieron a la despensa y miraron por una rendija que estaba el lobo, y el padre se fue a buscar un hacha y la madre buscó la hoz, entonces el padre dijo a la madre:

–Tú ponte detrás de mí mientras le doy un hachazo al lobo, pero si no le mato de un golpe, le abres tú la barriga con la hoz.

Pulgarcito, que oyó lo que decía su padre, gritó:

–¡Eh, ten cuidado, papá, que estoy aquí, dentro de la barriga del lobo!

–¡Dios mío! ¡Pero si es la voz de nuestro hijo! –dijo el padre contentísimo. Le mandó a la mujer que dejara la hoz para que no hiciera daño al pequeñín. Acto seguido levantó el brazo y dio un hachazo tremendo al lobo en la cabeza, que lo dejó totalmente muerto. Después buscaron tijeras y cuchillos, para sacar a su hijo de la barriga sin peligro.

–¡Qué alegría hijito, estábamos preocupados por ti!

–Sí, papi, no sabes qué aventuras. ¡Que bueno que ya puedo respirar aire puro!

–¿Dónde estuviste, hijo?

–¡Ay, papi! Primero estuve en la madriguera de un conejo, en el estómago de una vaca y en la barriga del lobo. Ahora sí que no me separaré de ustedes.

–Y yo no volveré a venderte, digas lo que digas, ni por todo el oro del mundo.

Los padres dieron muchos besos a Pulgarcito, lo lavaron y le pusieron un trajecito nuevo, porque el que llevaba estaba muy maltratado.

Blancanieves y los siete enanos

Era un día de intenso invierno. Una reina cocía junto a una ventana y miraba cómo caía la nieve. La ventana era de negra madera; la nieve era muy blanca, y la reina, por distraerse al mirar la nieve, se picó un dedo con la aguja y le salió una gotita de sangre muy roja, y luego otra gota hasta formarse un hilillo sobre la nieve blanca. La reina las miraba y pensaba: "¡Ay, si yo pudiera tener una niña blanca como la nieve, con los labios rojos como la sangre, y el cabello negro como la madera de esta ventana...!"

A los pocos meses su deseo se cumplió, tuvo una niña que era blanca como la nieve, con los labios rojos como la sangre y el cabello oscuro como el color de la madera de su ventana. A la niña la llamarían Blancanieves. Sin embargo, la reina falleció al dar a luz.

Pasó un año, y el rey se casó con otra mujer que era muy hermosa, pero muy orgullosa y altanera. No podía soportar que alguien fuera más hermosa que ella.

Esta mujer tenía un espejo mágico, y cuando se miraba en él, preguntaba:

–¿Quién es la más bella en esta tierra? Espejo de luna, espejo de estrella, dímelo por favor. Y el espejo comprometido le contestaba:

Reina, tú eres la más bella de esta tierra.

Con esto la nueva reina se ponía muy contenta, porque según ella sabía que el espejo mágico decía siempre la verdad.

Mientras tanto Blancanieves seguía creciendo, y cada vez era más bella. Cuando cumplió siete años, era tan bella como un día soleado; en pocas palabras, más bella que la misma reina. Un día, la reina preguntó a su comprometido espejo:

–¿Quién es la más bella en esta tierra? Espejo de luna, espejo de estrella, dímelo por favor.

Y el espejo contestó tranquilamente:

Blancanieves es mil veces más bella que cualquiera en esta tierra.

La reina se puso fúrica, se le derramó la bilis, se puso verde de envidia. Por esta razón, a partir de ese momento, cada vez que miraba a Blancanieves se le revolvía el corazón de rabia. La rabia y la envidia se le entripaban por dentro como hierbas malas y no la dejaban tranquila. Desesperada, un día llamó a un cazador y le dijo:

–Llévate esta niña al bosque. ¡Llévatela, no la quiero ver! ¡Llévatela y mátala, y luego tráeme su corazón para que yo compruebe que lo has hecho!

El cazador obedeció a la reina y se llevó a la niña. No obstante, cuando ya iba a darle muerte, Blancanieves comenzó a llorar:

–¡No me mates, cazador! ¡Te lo suplico! Te prometo que me iré por el bosque y no volveré nunca más.

Y como era una niña muy hermosa, y el cazador no era tan malo como parecía, la perdonó y la dejó ir hacia el bosque.

Él pensaba que las fieras del bosque se harían cargo de lo que no pudo hacer con la niña bella. En esas estaban cuando recordó su encargo y en ese instante encontró un jabalí pequeño, lo mató y le sacó el corazón para llevárselo a la malvada reina. Para completar su obra, esa terrible mujer tan mala como nadie, hizo que el cocinero guisara el corazón de Blancanieves para comérselo.

Mientras, la pobre niña estaba sola en el extenso y exuberante bosque. Obviamente Blancanieves tenía tanto miedo que no sabía qué hacer. Angustiada echó a correr entre las piedras y las zarzas, tan rápido que los animales salvajes pasaban a su lado y no le hacían daño. Su carrera duró hasta que se hizo de noche. Afortunadamente vio una casita; sí, había una en medio del bosque, y como estaba tan cansada, entró en la casa para dormir sin pedir permiso.

La casita era pequeña y lógicamente, todo lo que había dentro era pequeño, pero tan limpio y ordenado que daba gusto verlo. En el centro había una mesita con un mantel blanco, siete platitos, siete cucharitas, siete tenedores, siete cuchillitos y siete copitas. Junto a la pared había siete camitas puestas en fila, con las sábanas muy blancas. Como Blancanieves tenía hambre y sed, se comió un poco de verdura y del pan y bebió de cada uno de los platos y copas que había en la mesa, porque no le parecía bien acabarse la comida de un sólo lugar. Después, como estaba tan cansada, buscó una camita en la que cupiera, finalmente encontró una, rezó y se durmió.

Los dueños de la casita llegaron muy entrada la noche. Eran siete enanitos que trabajaban de mineros en las montañas. Cada uno encendió su lamparita y con sorpresa vieron que alguien había estado en su casa. El primer enanito dijo:

–En mi sillita se sentó alguien.

El segundo dijo:

–¿Alguno de ustedes comió en mi platito?

El tercero preguntó:

–¿Alguien mordió mi pan?

El cuarto dijo:

–¿Y quién ha probado mi verdura?

El quinto:

–¿Quién utilizó mi tenedor?

El sexto:

–¿Qué cortaron con mi cuchillo?

Y el séptimo chilló:

–¿Alguien bebió de mi vino?

Mayor fue la sorpresa cuando el primer enanito miró las camas y dijo:

–¿Quién se acostó en mi cama?

Y todos los enanitos se acercaron a revisar sus camas y gritaron al unísono: –¡También en la mía!

La sorpresa se la llevó el séptimo enanito cuando miró su cama y vio a Blancanieves dormida. Entonces llamó a los otros, que se acercaron rápidamente, alzaron sus lamparitas para verla bien y gritaron:

–¡Dios mío, qué niña tan bonita!

Tal fue la admiración que no la quisieron despertar. Para no molestarla, los enanitos se turnaron en sus camas para dormir en parejas.

Al amanecer, Blancanieves se despertó. Se asustó mucho al ver a los enanos, pero como los enanitos eran muy simpáticos y atentos le preguntaron:

–¿Cómo te llamas, niña?

–Me llamo Blancanieves.

–¿Cómo llegaste a nuestro hogar?

–Pues verán, mi madrastra quería que me mataran, pero como el cazador era de muy buen corazón, me dejó escapar y me eché a correr por el bosque hasta llegar aquí.

–Entonces te podemos proponer algo –le dijeron los enanitos–. ¿Quieres cuidar de nuestra casa, hacer la comida, las camas, lavar la ropa y zurcirla?

–¡Claro que sí! –dijo Blancanieves–. ¡Lo haré todo con mucho gusto y muy bien si me dejan vivir con ustedes!

Y así sucedió. Por las mañanas, los enanos se marchaban a las montañas a sacar oro, y mientras tanto Blancanieves arreglaba la casa y hacía la comida. Al regresar los enanitos, la cena ya estaba preparada. Por esta razón los enanos querían mucho a Blancanieves, y le dijeron:

–Como te quedas sola todo el día, ten cuidado y no abras a nadie porque tu madrastra se puede enterar de que estás aquí, y no queremos que te haga daño.

La reina, por supuesto que creía que Blancanieves estaba muerta y preguntó a su espejo:

–¿Quién es la más bella en esta tierra? Espejo de luna, espejo de estrella, dímelo por favor.

Como creía que el espejo iba a contestar que ella era la más bella, el espejo le dijo:

Aquí eres la más hermosa,
pero en la casa de los enanos
es Blancanieves como una diosa.

La reina se asombró, pues sabía que su espejo mágico siempre decía la verdad. Entonces comprendió que el cazador la había engañado, y que Blancanieves vivía todavía, y tuvo nuevamente la idea de eliminarla, ya que no podía soportar que hubiera en toda la tierra alguna más hermosa que ella.

Finalmente llegó a una idea: disfrazarse de vendedora para que no la reconocieran. Como bruja que era logró localizar la casita y llamó a la puerta.

–¡Vendo todo tipo de ropa para las damas!

Blancanieves se asomó a la ventana y llamó a la mujer:

–¡Buen día, señora! ¿Qué vende usted?

–¡Vestidos de moda! ¡Vendo trajes y lazos de todos los colores! Mira estos.

–¡Qué cinta tan bonita! –dijo Blancanieves.

Ingenuamente, abrió la puerta, compró la cinta y empezó a probársela. La mujer le dijo:

–¿Por qué estás tan bella? Póntela en el cuello, está de moda.

Blancanieves ingenuamente se acercó y la mujer le apretó tanto la cinta al cuello, que se desmayó.

–¡Ja, ja! ¡Ahora sí, ya no eres la más hermosa! –dijo la madrastra, y se marchó de prisa, riéndose maliciosamente.

Cuando los enanitos llegaron a la casa en la noche se llevaron un buen susto, pues encontraron a Blancanieves en el suelo, como muerta. La levantaron y observaron que tenía una cinta al cuello, se la cortaron y empezó a respirar otra vez.

Cuando los enanitos supieron lo que había pasado, le dijeron:

–Seguramente fue tu madrastra. Ya te dijimos que no abras la puerta a nadie, cuando no estemos en casa.

Mientras tanto, la madrastra llegó a su palacio, tomó su espejo y le preguntó: –¿Quién es la más bella en esta tierra? Espejo de luna, espejo de estrella, dímelo por favor.

Nuevamente le contestó:

Reina, eres la más hermosa,
pero en la casa de los enanos
es Blancanieves como una diosa.

Al oír aquello, la reina montó en cólera. Se dio cuenta de que Blancanieves no había muerto y pensó:

"Ahora verá. Inventaré una cosa que la elimine definitivamente".

Y, como era muy mala, hizo un peine envenenado. Se vistió otra vez como una vendedora y se fue a las montañas, a la casa de los siete enanos. En cuanto llegó, llamó a la puerta.

–¡Vendo peines! ¡Vendo peines de moda!

Blancanieves se asomó nuevamente a la ventana y dijo:

No compro nada porque no puedo abrir la puerta a nadie.

–Por mirar, no pasa nada –dijo la mujer, y le enseñó el peine envenenado. A Blancanieves le gustó aquel peine, por lo que se olvidó de obedecer a los enanos y abrió otra vez la puerta. Preguntó cuánto costaba el peine, y la mujer dijo:

–Verás qué bueno es; te voy a peinar con él.

Blancanieves se dejó peinar. ¡Ay, qué ingenua! La madrastra aprovechó el momento, le clavó el peine en el cabello, y la niña cayó al suelo como muerta.

–¡Ahora sí, de esta no te salvas!

La madrastra se fue corriendo rápidamente y sólo se escuchó su risa a lo lejos. Menos mal que ya era tarde y los enanitos regresaron pronto a casa. Al ver a Blancanieves en el suelo, pensaron inmediatamente que había sido la madrastra y se pusieron a buscar algo extraño que tuviera encima: encontraron el peine. Los enanos dijeron muy preocupados pero también enojados:

–¡Ya te dijimos que no abras la puerta a extraños! ¿No te has dado cuenta de que tu madrastra no parará hasta matarte?

Mientras tanto, la madrastra había llegado a su palacio y le preguntó otra vez al espejo mágico:

–¿Quién es la más bella en esta tierra? Espejo de luna, espejo de estrella, dímelo por favor.

Y el espejo contestó otra vez:

Reina, eres la más hermosa,
pero en la casa de los enanos
es Blancanieves como una diosa.

La reina se puso verde de coraje.

–¡No es posible! ¡Cómo! ¿Vive Blancanieves todavía? ¡Cueste lo que cueste ahora sí que la mataré!

Se metió a su laboratorio secreto y preparó una manzana con un veneno potentísimo, cuidando que fuera lo más natural posible. La reina se disfrazó nuevamente como una vendedora pobre y se dirigió a la casa de los enanos y llamó a la puerta:

–¡Vendo las mejores manzanas del mundo!

A pesar de las indicaciones de los enanos, Blancanieves otra vez se asomó a la ventana.

–¡Qué pena pero no puedo comprar nada porque los enanos me prohibieron abrir la puerta!

–¡Qué le vamos a hacer! Pero como no voy a volverme con las manzanas, las tiraré. ¿Quieres una? Te la regalo –dijo la madrastra con venenosa intuición.

–No, no, gracias; es que no puedo dejar que me regalen nada.

–No seas tonta niña, ni desconfiada. Mira, partiré una manzana en dos mitades y cada quien se come una.

La madrastra se comió la mitad que no tenía veneno pero la que sí tenía se la dio a Blancanieves; y la niña, ¡ay, qué boba!, dio un mordisco a la manzana envenenada, y en el mismo momento se cayó muerta al suelo. La madrastra se echó a reír como una loca porque la había engañado nuevamente.

–¡Anda, anda, belleza! ¡Ahora sí que no podrás revivir!

Llegó corriendo muy contenta a su palacio y preguntó al espejo:

–¿Quién es la más bella en esta tierra? Espejo de luna, espejo de estrella, dímelo por favor.

La respuesta del espejo sólo fue:

Reina, tú eres la más bella.

¡Por fin se quedó tranquila la reina! Pues muerta la más bella, ahora ella lo sería.

Cuando los enanitos llegaron a la casa, encontraron a Blancanieves otra vez tirada en el suelo. Entre asustados y enojados por haberlos desobedecido, la revisaron de pies a cabeza, tratando de encontrar algo, pero todo fue inútil: Blancanieves estaba muerta. Entonces, con una pena terrible, los enanos la pusieron en un ataúd y se sentaron alrededor, a llorar. A los tres días quisieron enterrarla pero Blancanieves estaba tan hermosa y con tan buen color, que los enanos dijeron:

–No sería justo enterrar a esta niña bella, lo mejor será hacerle un ataúd de cristal, para poder admirarla siempre.

Así lo hicieron y metieron a Blancanieves en un ataúd que tenía los lados de cristal y, encima de la tapa, unas letras de oro que decían: "Princesa Blancanieves". La llevaron a lo alto de una montaña, y uno de los enanos debería cuidarla siempre. Los animales del bosque también fueron a admirar a Blancanieves.

A pesar del paso del tiempo, Blancanieves, dentro de su ataúd de cristal, seguía tan hermosa como siempre; sólo parecía estar dormida.

Pero un buen día, un príncipe pasó por el bosque, vio a Blancanieves en el ataúd y dijo a los enanos:

–Les daré lo que quieran por el ataúd.

–No, a Blancanieves no la vendemos ni por todo el oro del mundo.

–Entonces obséquienmela, porque ya no podré vivir si no la admiro. Les prometo cuidarla bien toda mi vida.

Tal fue la impresión que les causó que le regalaron el ataúd con Blancanieves.

Entonces el príncipe abrió el ataúd, se acercó a Blancanieves y le dio un beso de amor. En ese momento, Blancanieves abrió los ojos y se levantó diciendo:

–¿Dónde estoy? ¡Ay, Dios mío! ¿Dónde estoy?

Y el príncipe de inmediato dijo, contentísimo:

–¡Estás conmigo, no tengas miedo! ¡Te voy a llevar al palacio de mi padre y me casaré contigo! ¡Te quiero más que a nadie en el mundo!

Los enanitos brincaban de felicidad y Blancanieves sin oponer resistencia se marchó con el príncipe. El padre de éste, feliz por la noticia, preparó para ellos una gran boda. Pero invitaron también a la reina malvada, a la madrastra de Blancanieves. Cuando esa pérfida mujer se arreglaba para ir a la boda, preguntó una vez más a su espejo:

–¿Quién es la más bella en esta tierra? Espejo de luna, espejo de estrella, dímelo por favor.

Y el espejo angustiado contestó:

Reina, aquí eres la más hermosa,
pero la novia del joven príncipe
es en palacio como una rosa.

La reina se puso rabiosa, pero estaba desconcertada pues no conocía a la novia del príncipe. Más que veloz se fue a la boda y, al entrar, vio a Blancanieves. Se quedó engarrotada de la sorpresa, pero no era la única que se iba a llevar pues los criados del rey tenían preparadas para ella unas zapatillas de hierro ardiendo, y se las pusieron, por malvada. La madrastra empezó a bailar de dolor, y sólo se escucharon sus quejidos a lo lejos por el camino que daba al bosque donde había mandado matar a Blancanieves.

Hansel y Gretel

Había una vez un leñador que vivía con su segunda mujer y dos tiernos hijos llamados Hansel y Gretel, en la orilla de una gran bosque. Eran muy pobres y vivían muy limitados y durante una época de hambre que hubo en el país, la situación de aquella familia llegó a ser tan desesperada que no sabían qué hacer. Por esa razón una noche el leñador cavilando en la cama, dijo a la mujer:

–¿Qué vamos a hacer si no tenemos qué comer?

–¿Qué te parece esta idea? –dijo la madrastra–. Mañana temprano vamos al bosque con los niños y cuando lleguemos a la parte más espesa encendemos una hoguera, les damos un poco de pan y les pedimos que nos esperen. Pero nosotros, regresamos a casa sin recogerlos. Seguramente no encontrarán el camino y se perderán.

–¡Pero qué idea tan descabellada mujer! –exclamó el leñador–. Yo no le haría eso a mis pobres hijos.

–¿Qué prefieres, que se mueran de hambre o que encuentren a alguien que los ayude?

De esta forma continuó la mujer insistiendo, como una gotera, hasta que convenció al hombre, pero éste exclamó:

–Siempre me remorderá la conciencia el haberles hecho esto a mis pobres hijos.

Pero como los niños no podían dormir a causa del hambre que tenían y oyeron toda la conversación, Gretel, la tierna niña, se puso a llorar amargamente y dijo a Hansel:

–Creo que no podemos hacer nada por nosotros.

–No te preocupes hermanita –le respondió Hansel, el niño listo–, ya verás cómo pienso en algo para salvarnos.

Cuando creyó que nadie estaba despierto, se levantó Hansel, el listo, se vistió y salió de la pequeña cabaña. Recogió guijarros que brillaban con la luz de la luna y los depositó en sus bolsillos. Después regresó a su cama y le dijo a la tierna Gretel:

–¡Ya encontré la solución! No te preocupes.

Al amanecer la madrastra malvada despertó a los niños.

–¡Vamos flojitos! –les dijo–. Vamos por la leña al bosque y les entregó un pedazo de pan, indicándoles que era para el mediodía porque no había más.

La tierna Gretel puso las dos porciones en su delantal, porque los bolsillos de Hansel el listo estaban llenos de guijarros. Al partir hacia el bosque, Hansel el listo, iba dejando los guijarros a su paso, lo que llamó la atención del papá quien le preguntó:

–Querido Hansel, ¿qué es lo que haces? No te detengas y date prisa.

–Miro a un gatito blanco, que está en el tejado y parece querer meterse a la casa.

–¡No seas tonto! –le dijo la malvada madrastra–, es el humo de la chimenea.

Pero Hansel no miraba el gato, sino que dejaba en el suelo guijarros blancos que les señalaran el camino de regreso a casa.

Cuando llegaron a lo más espeso del bosque, dijo el padre a sus hijos:

–Vamos a encender una fogata. Siéntense junto al fuego y no se muevan hasta que volvamos. Sólo vamos a cortar leña.

Obedientes, Hansel y Gretel se quedaron al lado de la hoguera y al mediodía comieron un trozo de pan. Creían realmente que su padre iba a regresar, pero los engañaron. Después de haber comido un poco, el cansancio les hizo cerrar los ojos y se durmieron.

Cuando se despertaron, ya era de noche. Gretel, la niña sensible, se puso a llorar y exclamó:

–¿Qué vamos a hacer aquí hermanito?

Pero Hansel, confiado, la consoló con estas palabras:

–No te preocupes, sólo hay que esperar a que salga la luna. Después fácilmente hallaremos el camino. Acompáñame, mira, ya se distingue el camino señalado por las piedrecitas, que brillan a la luz de la luna como monedas de plata.

Así anduvieron durante toda la noche y llegaron al amanecer a su casa. Llamaron a la puerta pero les abrió su triste madrastra, que exclamó hipócritamente:

–Pero qué les pasó, los estuvimos buscando desesperadamente.

Apenado, el padre se alegró de que hubieran vuelto, ya que le pesaba mucho haberlos abandonado en el bosque.

Nuevamente hubo problemas de hambre en el país. Esto motivó a la inhumana madrastra a hablar al padre de este modo:

–Otra vez estamos mal y solamente nos queda medio pan. Como pronto se acabará es conveniente abandonar a los niños en lo más espeso del bosque para que no regresen. Es lo que debemos hacer para salvarnos. Otra vez sintió cierto remordimiento el papá pero ante la insistencia de la mujer, cedió nuevamente a sus deseos perversos.

Hansel escuchó atentamente lo que dijeron y esperó a que se durmieran, entonces pensó idear algo para que no se cumplieran los deseos de la perversa madrastra y procuró tranquilizar a su hermana, diciéndole:

–No llores, Gretel. Mañana haremos lo que ellos nos digan, pero ahora con el trozo de pan que nos den hay que utilizarlo para señalar el camino que deberemos seguir para regresar a casa sanos y salvos.

–Por qué haces lo mismo que el otro día? –le interrogó el padre.

–No, cómo crees –respondió el niño.

–¡Vaya que eres ingenuo! –dijo la mujer.

Pero Hansel, el listo, continuó echando migajas de pan, confiado de que le servirían para volver a encontrar el camino.

Esta vez llegaron más lejos que la primera vez, a zonas del bosque en las que jamás habían estado hasta entonces. Encendieron una hoguera y les dijo la madrastra:

–Con toda confianza siéntense aquí. Si están cansados, pueden dormir un poco. Regresaremos más tarde por ustedes para ir a casa.

Los hermanitos compartieron la ración de pan que les quedó al utilizar la otra para señalar el camino. Se durmieron y no vino nadie a buscarlos. Cuando se despertaron era plena noche. Otra vez, Hansel consoló a su hermanita, que estaba muy asustada, diciéndole:

–Ahora que salga la luna, las migajas de pan brillarán y podremos regresar a casa.

Aunque apareció la luz de la luna, las migajas brillaron por su ausencia porque se las habían comido los pajaritos. Ante tal situación, Hansel se armó de valor, para que su frágil hermana no temiera y se pusieron a buscar el camino de regreso a casa. Desgraciadamente no lo encontraron, pues llegó el amanecer y otra vez el anochecer, pero nada. Lo único que pudieron hacer fue mitigar el hambre con frutos silvestres y se durmieron al instante.

Al tercer día, continuaron su camino y en lugar de dirigirse hacia su casa, se internaban más en el bosque, obviamente perdidos. Sin embargo, hacia mediodía se encontraron con un jilguero hermoso que los guió hasta una casita de pan, cubierta de bizcochos y con las ventanas de azúcar.

Con el hambre que tenían, sólo pensaron en comérsela.

Comenzaron por el tejado y el marco de la ventana. Entonces, se oyó una dulce voz que salía del interior de la casita:

–Se comen la casa ¿Quién será?

Respondieron los niños fingiendo la voz:

–Unos ángeles caídos del cielo.

Y no pararon de comer, pues aún no se llenaban, hasta que se abrió la puerta y salió una viejecilla que se apoyaba en un bastón. Tal fue el susto que se llevaron al verla que dejaron de comer. Pero la viejecilla se dirigió a ellos con aire afable y les dijo:

–¡Hola, ángeles del cielo! ¿Cómo llegaron hasta aquí? Pero qué mal educada, pasen, pasen, sin miedo que no les pasará nada.

Se introdujeron a la casita y de inmediato les ofreció leche azucarada y pastel de frutas. Después, al terminar, les ofreció dos cómodas camitas para que descansaran.

No obstante, la viejecilla no era más que la terrible bruja come niños del bosque, que al olfatear a Hansel y Gretel se le hizo agua la boca. Al tenerlos en su poder, sólo pensaba en el festín que se iba a dar, por lo que dijo en voz baja pero perniciosa:

–Estos dos no se me escaparán. ¡Qué buen bocado serán!

Al primero que enjauló fue a Hansel. Y a Gretel la mandó por agua para preparar la comida de su enjaulado hermano y ponerlo en engorda para comérselo.

Por eso, la comida que llevaron a Hansel era muy buena, en cambio a la niña solamente le dio cangrejos semi vacíos. Así mismo, la bruja maldita visitaba a Hansel cada mañana y decía:

–A ver angelito panzón, saca tu dedito para saber si estás listo.

Pero Hansel, como era muy listo, en lugar del dedo, le mostraba un huesecito que había encontrado en la jaula. Y como toda bruja maldita, tenía los ojos rojos y muy mala vista, se creía lo que hacía el niño. Finalmente, se desesperó por no obtener los resultados esperados. Después de varias semanas, perdió la paciencia y no quiso esperar más.

–¡Gretel! –exclamó la bruja–. Ve por el agua. Gordo o flaco, en la mañana me comeré al angelito.

La pobre niña estaba muy acongojada y las lágrimas resbalaban por sus mejillas, pero se vio obligada a ayudar a la vieja.

–¡No puede ser! –decía Gretel lamentándose y llorando–. ¡Ojalá nos hubieran devorado las fieras en el bosque! Por lo menos, hubiéramos muerto juntos.

–No llores angelito, que tus lágrimas no ayudarán en nada –le dijo la vieja.

A la mañana siguiente, Gretel tuvo que encender el fuego y poner agua a calentar en la olla.

–Fíjate si está bien encendido –ordenó la bruja.

La bruja maldita la apresuraba con la intención de empujarla dentro del horno para comérsela asada, pero Gretel se dio cuenta y le dijo:

–Pero no sé cómo hacerlo. ¿Usted sí?

–¡Ay niña tonta! –respondió la bruja maldita–. Fíjate bien cómo lo hago. La puerta es suficientemente grande.

Así, la bruja maldita metió la cabeza por la puerta, esperando que lo repitiera Gretel, pero ella bien listilla empujó a la bruja maldita al interior del horno e inmediatamente cerró la puerta. Después sólo se escucharon las maldiciones que le propinaba a los niños, mientras se quemaba.

Luego se fue rápido hacia donde estaba su hermano, gritando:

–¡Hansel! ¡Ya murió la bruja maldita! ¡Estamos libres!

Sacó de la jaula a su hermano y ya tranquilos revisaron el cambio que se había dado en la casa de la bruja maldita y, ¡oh! sorpresa, encontraron por todos los rincones muchas cajas llenas de perlas y piedras preciosas.

Tanto Hansel, el listo, y Gretel, la tierna, se dispusieron a llenar sus bolsillos de joyas para llevarlos a su casa y tratar de salir lo más pronto posible del bosque encantado. Así lo hicieron y cuando habían recorrido una distancia considerable, se toparon con un arroyo de fuerte corriente.

Al estar pensando cómo le iban a hacer para cruzarlo, vieron a un lindo pato blanco y le dijeron:

–¡Patito, lindo patito! Somos Hansel y Gretel. Como no hay ni puente. ¡Por favor llévanos en tu dorso blanco!

El lindo patito así lo hizo y uno por uno los pasó a la otra orilla sin ningún peligro.

Ya en la otra orilla, reanudaron su camino y al recorrer cientos de metros vieron lugares conocidos por lo que sentían que estaban cerca de casa. Y así fue. Poco después se encontraron con su padre, quien los abrazó fuertemente, arrepentido de haberlos abandonado en el bosque. Los niños tenían miedo de ver a su madrastra pero el papá les dijo que ella había muerto de hambre y entonces se sintieron tranquilos. Le mostraron a su papá las perlas y las piedras preciosas que se habían encontrado en la casa de la bruja maldita, y se pusieron muy felices porque esto les permitiría vivir bien y felices toda la vida.

La cenicienta

Hubo una vez una mujer casada con un hombre muy rico, que se enfermó repentinamente. Cuando sintió que llegaba su última hora, llamó a su pequeña hija y le dijo:

–Creo que llegó el momento fatal, hija mía. Espero que siempre seas buena, así Dios te ayudará. Por mi parte, te cuidaré desde el cielo y te estaré mirando.

Después de pronunciar estas palabras, la mujer cerró los ojos y murió. Como toda buena hija, la niña iba todos los días a la tumba de su madre, la recordaba y lloraba. Como lo que bien se enseña nunca se olvida, la niña siguió siendo muy buena y rezaba lo que su mamá le había enseñado. Después llegó el invierno, cayó mucha nieve y se cubrió con un manto blanco la tumba de la madre. Luego, cuando salió el sol en primavera, la nieve se derritió, y el hombre rico se casó otra vez.

La segunda mujer del hombre rico llevó a la casa dos hijas que tenía. Éstas eran muy guapas y tenían la piel blanca, pero tenían los corazones feos y negros. Desde ese momento, la pobre niña huérfana empezó a pasarla muy mal. Sus hermanastras se encargaban de eso y decían:

–No es posible que esta niña tonta conviva con nosotras –decía una.

–No estorbes, si quieres comer vete a la cocina –decía la otra.

Luego le quitaron a la niña el bonito vestido que llevaba y le pusieron un delantal gris y viejo. También le quitaron los zapatos y le dieron zuecos de madera. Y por si no fuera poco, se reían de ella, la empujaban y gritaban:

–¡Mira a la princesa, qué elegante va, pero a la cocina!

De cualquier forma la pobre niña se quedó en la cocina para trabajar ahí todo el día. Además, le hacían llevar cubetas de agua, encender el fuego, guisar, lavar, todo lo que podían darle de trabajo. Mientras sus hermanastras se burlaban siempre de ella. Al caer la noche, cuando estaba cansadísima, no la dejaban dormir en su cama, sino que la obligaban a echarse en la cocina. Obviamente, se ponía muy sucia con la ceniza, y entonces empezaron a llamarla Cenicienta.

En una ocasión en que su padre tenía que viajar a otra ciudad, preguntó a sus hijastras qué regalos querían que les trajera:

–Tráeme vestidos bonitos –dijo una.

–Yo quiero perlas y brillantes –dijo la otra, no menos odiosa.

Al último, el padre preguntó a Cenicienta:

–¿Tú qué quieres, hija?

–Yo sólo te pido que me traigas la primera rama de avellano que encuentres cuando vayas por el bosque.

El papá compró los vestidos bonitos, las perlas y los brillantes para sus hijastras y de regreso por el bosque, al pasar debajo de unas matas, le dio en el sombrero una ramita de avellano. El hombre cortó la ramita y al llegar a su casa, dio a sus hijastras los regalos que le pidieron y a Cenicienta el suyo.

Lo que hizo Cenicienta fue visitar la tumba de su madre y plantar allí la ramita de avellano, pero como lloró mucho por el recuerdo de su mamá, sus lágrimas hicieron que la ramita creciera hasta convertirse en un árbol. Cenicienta visitaba la tumba de su madre tres veces al día, y como se ponía debajo del árbol y lloraba, el árbol crecía un poco; lloraba más y el árbol crecía un poco más. Entre las ramas del árbol había un pájaro blanco que cuando veía a Cenicienta salía para llevarle en el pico lo que ella quisiera.

El día menos esperado, el rey de aquellos lares hizo preparar una fiesta muy grande. Deseaba que su hijo escogiera una buena muchacha de su reino, para que la hiciera su novia. Cuando se enteraron las dos hermanastras se pusieron muy contentas y llamaron a Cenicienta para ordenarle:

–¡Corre, péinanos! ¡Límpianos los zapatos! ¡Abróchanos! ¡Que vamos a la fiesta del príncipe!

Cenicienta tuvo que obedecer pero no dejaba de sentir tristeza porque también tenía ganas de ir. Se le ocurrió decirle a su madrastra, pero ella se echó a reír:

–¡Ay tontuela! ¿Así de mugrosa como estás, sin un buen vestido y elegantes zapatillas?

Sin embargo, insistía y la madrastra le dijo:

–Bueno, voy a tirar un montón de frijoles negros en la ceniza de la cocina. Si eres capaz de recogerlos y limpiarlos antes de dos horas, podrás ir a la fiesta.

Inmediatamente Cenicienta salió al jardín y llamó a sus amigas las aves:

–¡Palomitas blancas, tortolitas, y todos los pajaritos que están en el cielo y en las ramas de los grandes árboles! ¡Ayúdenme a recoger los frijoles!

Increíblemente llegaron volando dos palomas blancas, una tórtola y muchos pajaritos, y se posaron en la ventana de la cocina. Después entraron y, con sus picos, empezaron a recoger los frijoles negros de la ceniza, y separaban los malos de los buenos. Antes de una hora, ya estaban todos los frijoles en su sitio, y los pajarillos se fueron volando. Cenicienta llevó a su madrastra un recipiente lleno de frijoles, y cuando pensaba que podría ir a la fiesta, la mísera madrastra le dijo:

–No te hagas ilusiones, no tienes vestido y tampoco sabes bailar. Todos se reirán de ti.

Cenicienta se echó a llorar. Entonces la madrastra dijo:

–Bueno, si sacas de la ceniza dos montones de frijoles que voy a echar, y los escoges bien antes de dos horas, podrás ir a la fiesta.

Esto lo decía de dientes para afuera, pero por dentro pensaba aquella mujer: "Cenicienta se pasará muchos días buscando los frijoles".

Entonces fue a la cocina, tiró a la ceniza dos montones grandes de frijoles. Cenicienta salió otra vez al jardín y llamó a los pájaros:

–¡Palomitas blancas, amiga tórtola, pajarillos del cielo. ¡Vengan a ayudarme!

Por la ventana de la cocina entraron dos palomas blancas, la tórtola y muchos pajarillos que venían cantando, se pusieron a picotear entre la ceniza, y apartaban los frijoles para echarlos al recipiente. Terminaron en media hora, y se fueron volando. Cenicienta llevó el recipiente lleno de frijoles a su madrastra. Estaba muy contenta, porque pensaba que esta vez la dejarían ir a la fiesta. Pero aquella mujer tan malvada, le dijo:

–No puedes ir porque ni tienes vestido ni sabes bailar, y nos daría vergüenza ir contigo.

Y la miserable mujer se marchó a la fiesta con sus dos odiosas hijas.

Entonces triste y esperanzada, Cenicienta fue a la tumba de su madre, se puso debajo del avellano y dijo:

¡Oh arbolito, con este conjuro
te pido me saques de mi apuro!

Mágicamente el árbol se meneó, y el pajarillo que estaba en las ramas le arrojó a Cenicienta un vestido de oro y de plata, y unos zapatitos de seda y de plata.

Cenicienta se vistió en seguida, y se fue a la fiesta del rey. Estaba tan bella, que ni su mísera madrastra ni sus odiosas hermanastras la reconocieron, en cambio creyeron que era alguna princesa de otras tierras. Tontamente pensaban que Cenicienta estaba todavía en la cocina de su casa, recogiendo frijoles de la ceniza. En tanto el hijo del rey, al ver a Cenicienta, se acercó a ella y de inmediato la sacó a bailar y sólo con ella quiso bailar en toda la noche, por lo que decía a las otras muchachas que querían bailar con él:

–En realidad lo siento, pero mi pareja es esta belleza.

Cenicienta, emocionada, bailó toda la noche con el hijo del rey. Cuando quiso volver a su casa, el príncipe le dijo:

–Yo te acompañaré, así sabré dónde vives.

Sin embargo, ella se escapó y se escondió en el palomar, pues tenía miedo de que el hechizo terminara. El apuesto príncipe esperó a que llegara el padre de la jovencita, y le dijo que se había escondido. El padre pensó: "¿Será Cenicienta?" Entonces le trajeron un hacha, tiró abajo el palomar, y no había nadie dentro.

Con una habilidad inusitada, Cenicienta había saltado del palomar, fue al cementerio y ahí se cambió velozmente de vestido; el pajarillo se había encargado de recoger el vestido de oro y plata. Luego, como un rayo, había vuelto Cenicienta a la cocina, con su delantal gris.

Cuando la mísera madrastra y sus odiosas hijas volvieron a casa, encontraron a Cenicienta dormida en la cocina, con el delantal viejo y gris.

Al día siguiente, cuando los padres y las dos odiosísimas hijastras volvieron a la fiesta, Cenicienta nuevamente fue a la tumba de su madre y dijo al avellano:

¡Oh arbolito, con este conjuro
te pido me saques de mi apuro!

El árbol se movió, y el pájaro arrojó a Cenicienta un vestido todavía más bonito. Cuando Cenicienta fue a la fiesta, todo el mundo se quedó impresionado al verla. El príncipe ansioso, que la estaba esperando, la llevó de la mano a bailar. Una vez más, si otras mujeres se acercaban a bailar con él, les decía:

–Realmente lo siento, pero esta es mi pareja, la más bella.

Al llegar la noche, Cenicienta quiso volver a su casa, pero el príncipe emocionado quería ir con ella para saber dónde vivía. Cenicienta echó a correr y se escondió en el jardín, detrás de la casa, y como allí había un árbol muy grande, que tenía unas peras enormes, Cenicienta trepó al árbol, se escondió entre las ramas, así el príncipe no la pudo encontrar. Otra vez esperó a que llegara el padre, y le dijo:

–Esa muchacha tan bella desapareció, y me parece que está en las ramas del peral.

Nuevamente el padre pensó: "¿Será Cenicienta?" Y mandó que le llevaran el hacha y tiró el árbol pero ya no había nadie entre las ramas.

Cuando llegaron su mísera mujer y las odiosas hijastras, vieron a Cenicienta que dormía en la cocina, sobre la ceniza. Había bajado del peral por el otro lado y había llevado el vestido de baile al pajarillo, y se había puesto el delantal gris.

Al tercer día, en cuanto se marcharon a la fiesta los padres y las odiosas hijastras, Cenicienta volvió a la tumba de su madre y dijo al arbolito amigo:

¡Oh arbolito, con este conjuro
te pido me saques de mi apuro!

Y esta vez, como cada vez aumentaba el asombro, el pajarillo le arrojó a Cenicienta un vestido tan precioso y brillante, que no se había visto nunca cosa igual, sin faltar unos zapatitos de oro. Cuando Cenicienta entró al salón de la fiesta, la gente no sabía qué decir, de lo bella que estaba. Y el hijo del rey sólo quiso bailar con ella, y si se acercaban las demás, decía:

–Realmente lo siento, pero mi pareja es ésta.

Antes de que la noche llegara, al audaz príncipe se le ocurrió una idea para que no se le escapara otra vez su bella pareja. Así que mandó cubrir las escaleras con pegamento para que al intentar huir se quedaran pegados sus pies. Sin embargo, sólo se quedó pegado un pequeño zapato. El príncipe fue con su padre, el rey, y le dijo:

–Sólo me casaré con la bella muchacha que pueda ponerse este zapato.

Entonces fueron probando el zapato a todas las muchachas de aquel reino, pero cuando llegaron a casa de Cenicienta, las odiosas hermanastras se pusieron muy contentas, porque tenían el pie pequeño. La mayor cogió el zapatito, se metió en su cuarto y se lo quiso probar: no le cabía el dedo gordo del pie. Entonces su despiadada madre le dijo:

–¡Córtate el dedo y no te preocupes, que cuando seas reina nadie se atreverá a verte los pies!

Tal fue la recomendación que la odiosa hija se cortó el dedo, metió el pie en el zapato, se aguantó el dolor y salió a ver al príncipe. Éste la montó en su caballo, pero al pasar por delante de la tumba de la madre de Cenicienta, dos palomas que estaban en el arbolito mágico empezaron a cantar:

Príncipe, príncipe, ten cuidado,
fíjate bien, esto es un engaño,
fíjate bien, no le queda el zapato.

El príncipe vio la sangre que salía del zapato y comprendió que lo querían engañar, por lo que llevó a la falsa novia a su casa. Entonces, la segunda hijastra odiosa se metió en su cuarto a probarse el zapato, pero no le cabía el talón y su mísera madre le dio el cuchillo y dijo:

–¡Córtatelo!, al fin y al cabo cuando seas reina no tendrás que caminar.

Su hija obedeció y se cortó un trozo del talón, metió el pie en el zapato, se aguantó el dolor y salió a ver al príncipe. Éste la montó en su caballo y se fueron hacia palacio pero cuando pasaban por delante de la tumba, las dos palomas que estaban en el avellano empezaron a cantar:

Príncipe, príncipe, ten cuidado,
fíjate bien, esto es un engaño,
fíjate bien, no le queda el zapato.

Otra vez el príncipe miró, vio la sangre que salía del zapato, y volvió a la casa con la falsa novia y dijo:

–Tampoco era ésta la que yo buscaba. ¿No tendrán otra hija por ahí?

–Pues, tengo una que me dejó mi primera esposa –dijo el padre–. Pero es una pobre niña pequeña y sucia por lo que no creo que pueda ser la novia.

–No importa, quiero verla –dijo el príncipe.

Y la mísera madrastra protestó:

–No, no, por Dios. Esa chica es indigna de usted.

–No importa, quiero verla –dijo el príncipe.

Finalmente llamaron a Cenicienta a regañadientes. Al enterarse, ella se lavó de prisa la cara y las manos, y salió a probarse el zapatito de oro. Para sorpresa de todos el zapato le quedó muy bien.

Cenicienta levantó la cabeza y miró al príncipe, y éste, entonces la reconoció y dijo:

–¡Ella es la que buscaba!

La mísera madrastra y sus odiosas hijas se pusieron rojas de la rabia que les dio. En tanto el príncipe montó a Cenicienta en su caballo y se la llevó a su palacio. Cuando pasaron por delante de la tumba de la madre, las palomas del arbolito empezaron a cantar:

Príncipe, príncipe, fíjate bien,
ella es la dueña del zapato
y novia de tu corazón.

Después las palomas se posaron en los hombros de Cenicienta, una en el hombro derecho, otra en el izquierdo.

Cuando todo parecía ir bien, para celebrar la boda de la feliz pareja, llegaron las odiosas hermanastras disimulando hipócritamente para no quedar fuera de la familia real.

Pero las palomas se encargaron de darles su castigo por ser tan malas con Cenicienta. Cuando salieron de la iglesia, empezaron a picotearles la cabeza por lo que tuvieron que irse rápidamente entre quejidos y aullidos. Las hermanastras tenían que recibir un castigo por ser malas y cursis, por no tener buen corazón.

Caperucita roja

Había una vez una niña muy buena y cariñosa que se llamaba Caperucita Roja, a quien todos querían, pero más su abuelita. La tierna abuelita ya no sabía qué hacer para mimar a su nieta. La razón por la que le llamaron Caperucita se debía a que no se quitaba nunca la caperuza roja que le regaló su abuelita.

Uno de tantos días su mamá le hizo un encargo. Que le llevara a su tierna abuelita un pastel y una botella de vino porque estaba enferma. También le pidió que se fuera rápido y directamente a la casa de su abuelita y que cuando llegara saludara como niña educada que era.

La niña, Caperucita Roja, asintió con la cabeza como diciéndole a la mamá que no se preocupara.

La casa de la abuelita estaba en el bosque. Pero cuando Caperucita Roja entró en el bosque se encontró con el lobo, pero no se asustó.

–¡Hola, Caperucita Roja! –dijo el lobo maliciosamente.

—¡Hola, señor lobo! —dijo Caperucita con voz firme.

—¿A dónde vas? —le preguntó el lobo.

—A casa de mi tierna y adorada abuelita —contestó Caperucita.

—¿Qué le llevas? —preguntó el lobo.

—Le llevo un pastel y vino, para que se recupere.

—¿En dónde vive?

—Aquí en el bosque, junto a los tres robles grandes, al lado de los avellanos. No me digas que no has visto su casa.

Y el lobo pensó para sus adentros: "¡Qué rellenita está esta niña, como ternerita! Claro que mucho más rica que su abuela. De todas maneras me voy a comer a las dos".

El lobo caminó un rato al lado de Caperucita Roja, y luego dijo:

—Linda Caperucita Roja. ¿Por qué no llevas algunas flores a tu querida abuela? Mira qué bonitas hay por aquí.

Caperucita miró las flores; estaban preciosas allí en el bosque, al sol.

—Tiene razón señor lobo, seguramente le gustará un ramo, al fin es muy temprano y tengo tiempo.

Mientras Caperucita Roja ingenuamente recogía flores para el ramo de su querida abuelita, el señor lobo echó a correr para llegar antes a casa de la abuela. En cuanto llegó tocó a la puerta.

—¿Quién es? —preguntó la abuela.

—¡Ábreme, abuelita! Soy Caperucita, y te traigo pastel y vino —dijo el lobo.

–Sólo hazme el favor de correr el cerrojo. Estoy enferma, ¿recuerdas?

El lobo, ni tardo ni perezoso corrió el cerrojo, abrió la puerta, saltó hacia la cama de la indefensa y enferma abuela y se la tragó. Después se puso su ropa, se ató su gorro, se metió en la cama y cerró las cortinas.

Todavía en el bosque, Caperucita Roja tenía ya un ramo muy grande al que no le cabía ni una flor más. Al darse cuenta de su retraso echó a correr y llegó a la casa de su abuela. Al llegar le extrañó ver la puerta abierta pero al entrar en la habitación, sin saber por qué, se asustó un poco, y pensó: "¡Qué raro! Tengo un mal presentimiento, a pesar de que me gusta venir a la casa de mi abuelita".

Cautelosamente se acercó a la cama y dijo:

–Buen día adorada abuelita.

Pero nadie le contestó. Entonces Caperucita Roja abrió las cortinas de la cama y ahí vio, con el gorrito de dormir y muy tapada, a su tierna y querida abuelita.

–Abuelita, ¡pero qué orejas tan grandes tienes! ¿Qué te paso?

–Me crecieron para oírte mejor...

–Querida abuelita, ¡pero qué ojos tan grandes tienes!

–Son para verte mejor...

–Pero mi tierna abuelita, ¡qué manos tan grandes tienes!

–Pues para sujetarte mejor…

–¡Ay, mi linda abuelita! ¡Qué boca tan grande tienes!

–¡Para devorarte mejor!

En ese instante el lobo tragón dio un salto y ¡y sin más se devoró a Caperucita Roja! Con lo que se había comido se fue a reposar en la cama y se quedó dormido. Empezó a roncar de tal forma que un cazador que pasaba por allí lo escuchó y pensó: "¡Caramba con la bondadosa abuelita, qué manera de roncar! Voy a cerciorarme de que esté bien".

Cuando el cazador entró y se acercó a la cama, vio al lobo dormido y dijo:

–¡Ahora sí te agarré bribón! ¡Pero qué grata sorpresa!

El cazador ya se disponía a matar al lobo de un tiro pero de pronto pensó que a lo mejor el lobo se había comido a la abuela y podría herirla; mejor buscó unas tijeras y le abrió al lobo la barriga, por si estuviera viva. Al primer tijeretazo, vio una cosa roja, y sorpresa ¡era la Caperucita!, quien gritó:

–¡Qué horror y qué oscura está la barriga del lobo tragón!

Después salió también la batida abuelita, medio muerta, pero de miedo. Caperucita Roja buscó inmediatamente piedras muy grandes para rellenar la barriga del lobo, ya que cuando despertara lo más seguro es que quisiera correr para salvarse o para comérselas otra vez. Pero lo único que pasó es que no se pudo levantar, pues reventó y falleció.

En tanto, Caperucita Roja, la adorada abuelita, el cazador salvador y la mamá de Caperucita que había llegado corriendo, se pusieron muy contentos hasta terminar en un festejo donde prometieron ciertas cosas. Caperucita Roja prometió no desobedecer las órdenes de su mamá. La tierna abuelita prometió comer bien para estar fuerte y no enfermarse y por último, el valeroso cazador prometió siempre estar alerta. Y así se quedaron felices, contentos y tranquilos.

El gigante egoísta

Desde hacía ya muchos atardeceres, había unos niños que, al terminar sus clases, acostumbraban visitar un jardín. Éste era inmensamente grande y bellísimo, con un terso y lozano césped. A su alrededor había unos arbustos de un metro de altura, detrás de los cuales resaltaba una gran cantidad de preciosas flores, que parecían una lluvia de estrellas en una de esas noches excepcionalmente oscuras; también había doce árboles de durazno que, en la estación en la que todo florece, se llenaban de flores rosas con blanco en el centro. En la estación de la melancolía, la caída de estas flores daban cabida a los frutos de estos inigualables árboles. En éstos se posaban, entre sus abundantes ramas, muchos pájaros para entonar cantos armoniosos capaces de interrumpir el juego de los niños. El único inconveniente era que el dueño del jardín era un gigante.

Precisamente y en el momento menos esperado, cuando más se divertían, el gigante regresó de haber hecho una visita a su amigo el ogro de Cornualles, con quien había convivido durante los últimos siete años. En estos largos años, porque así se le habían hecho, sus conversaciones habían sido breves y monótonas, por esa razón decidió regresar a su castillo.

La sorpresa del gigante fue grande al encontrarse a los niños divirtiéndose en su jardín. Esto hizo que montara en cólera y con una voz que hizo vibrar hasta lo más profundo a los niños, les dijo que ese jardín era suyo y de nadie más, y que todos los vecinos debían entender que no permitiría jamás que jugaran en él. Los niños, por su parte, alcanzaron a escuchar hasta la última palabra mientras huían del lugar.

Casi al instante el gigante se puso a construir un gran muro frente al jardín al que le puso un letrero que decía:

PROHIBIDA LA ENTRADA

Esta actitud adoptada por el gigante lo hacía ver como un ser muy egoísta, pues ahora los niños no tendrían un lugar donde jugar y divertirse como lo hacían todas las tardes. Ante esta situación, los niños intentaron jugar a un lado de la carretera, pero como se levantaba demasiado polvo cuando corrían y como había muchísimas piedras sueltas se sentían inseguros. Por esta razón, decidieron treparse al muro y caminar sobre éste para poder observar el jardín de sus juegos, tan a la mano pero tan lejano a sus deseos. Por eso se les escuchaba decir:

–¡Qué divertidos eran los momentos que pasábamos ahí!

A pesar de los pesares, llegó la estación de los despertares en la que hacen acto de presencia tanto las aves como las flores. No obstante, sólo en un lugar no había podido llegar ese prodigio de la Naturaleza, pues desde que los niños no acudían ahí a divertirse, los pájaros ya no entonaban sus cantos y los árboles ya no florecían. Incluso, cuando una bella flor se asomó para observar a su alrededor, sólo vio aquel letrero que negaba la entrada a los niños, lo que provocó que la invadiera una gran tristeza que la hizo retraerse. Ese lugar era ni más ni menos que el jardín del gigante. Los únicos que se alegraban ante esta situación eran el hielo y la nieve, pues se les escuchaba decir:

–¡Qué bueno que la primavera no ha llegado aquí, eso nos permitirá vivir sin problemas en este lugar!

De esta forma, la nieve se encargó gustosa de cubrir todo el césped del jardín con su gran manto blanco, mientras que el hielo se encargó de cristalizar todos los árboles que había en el lugar. Estos dos, al no encontrar ningún obstáculo, se dieron el lujo de invitar al viento frío del norte, quien ni tardo ni perezoso atendió a la invitación para entrarle a la diversión.

Así, el viento frío del norte se pasaba las veinticuatro horas del día destruyendo lo que se encontraba a su paso, siempre envuelto en pieles gigantescas que provocaban un sonido estruendoso capaz de ahuyentar a cualquiera.

No contentos, con haber invitado a su ventarroso amigo, a la nieve y el hielo se les ocurrió que el granizo les hiciera una visita de cortesía. No habían terminado de decirlo cuando hizo acto de presencia el famoso granizo, que a partir de ese momento dio inicio a su diversión, la cual consistía en que durante tres horas, diariamente, golpeaba constantemente el tejadillo del castillo hasta botar el encerado. Con su vestido gris daba vueltas a gran velocidad después de haber hecho su travesura.

Mientras esto sucedía, en el interior del castillo el gigante egoísta se preguntaba el porqué de la demora de la bella estación llamada primavera, al observar por uno de los grandes ventanales que su jardín seguía cubierto de nieve y congelados los árboles. Deseaba que el clima cambiara, pero tampoco llegó el verano, incluso cuando el otoño se presentó, hubo frutos dorados en todos los jardines menos en el del gigante.

A pesar de que el tiempo transcurría, el cuarteto de bribones amigos se dedicaban a bailar en el centro del jardín congelado.

Sin embargo, en uno de los tantos amaneceres, el gigante egoísta al despertar escuchó con extrañeza el bello canto de un pájaro que le causaba una sensación de dulzura en los oídos por lo que llegó a pensar que era un ave celestial. Pero al asomarse observó que era un hermoso jilguero que estaba posado al filo del ventanal emitiendo sus armoniosos sonidos. Esto le dio la esperanza de que la primavera se acercaba a su hogar, además de percibir un aroma propio de la estación por el ventanal donde se encontraba.

Esta no era la única sorpresa que le deparaba al gigante y al cuarteto de traviesos, pues se quedaron pasmados al observar un espectáculo inusitado: por un gran boquete en el muro, los niños se habían deslizado en el jardín, trepándose rápidamente a los árboles. Los árboles se sintieron dichosos de sostener nuevamente a los niños, se cubrieron de flores además de agitar graciosamente sus ramas sobre las cabezas infantiles. Mientras los pájaros revoloteaban de un lado a otro, cantando felizmente, las flores reían y asomaban sus cabezas sobre el césped. Esto es increíblemente fantástico. Sin embargo, en el rincón más apartado del jardín, el invierno no había desaparecido del todo. A pesar de la bruma, en esa parte se alcanzaba a ver un niño pequeño cerca de un árbol al que no podía subir, por lo que lloraba amargamente. Por su parte, el pobre árbol, congelado por los bribones, le decía al niño que se trepara en él, pero el niño era tan pequeño que no podía alcanzar sus ramas aun, cuando se las acercaba hasta donde más podía. El gigante al observar esto se le enterneció el corazón.

–¡Ya caigo! –se dijo en ese momento de enternecimiento–. Ya sé por qué no regresa la primavera aquí. Inmediatamente subiré a este pequeñín en el árbol y acto seguido derrumbaré ese muro, que es un obstáculo para la diversión de los que llevan innata la alegría. Realmente me arrepiento de esta actitud egoísta. Bajó velozmente las escaleras, abrió la puerta con toda suavidad y salió cautelosamente al jardín. Pero cuando los niños lo vieron se quedaron petrificados por un instante y huyeron, por lo que el jardín se congeló nuevamente.

El único que no había huido fue el pequeñín porque sus ojos estaban tan llenos de lágrimas que no vio venir al gigante.

–No huyas de mí, pequeñín, por favor –le decía–. Yo te subiré al árbol. Mira, no pasó nada.

Entonces inmediatamente floreció el árbol. Los pájaros al observar esto vinieron a posarse y a cantar sobre él. Por su parte, el pequeñuelo extendió sus cortos brazos, para colgarse del cuello del gigante y darle cariñosamente un beso.

Al ver esta enternecedora estampa, los otros niños regresaron corriendo y la primavera con ellos.

–De ahora en adelante, éste será su jardín, pequeñuelos –dijo el gigante–. Y para demostrárselos tomaré este martillo y derribaré el muro. La gente que pasaba por ahí, al ver estas escenas se sorprendía muchísimo. Los niños jugaron durante todo el día pero al caer la noche tuvo que llegar el momento de la despedida.

–Bueno amigo gigante ya nos tenemos que ir a casa –le dijeron.

–Pero, ¿dónde está el pequeñín que subí al árbol? –les preguntó, pues a él era a quien más quería, porque le había besado.

–No sabemos –respondieron los niños–, seguramente se fue antes que nosotros.

–Les podría encargar que le avisen que venga mañana sin falta –repuso el gigante.

Pero no sabemos dónde vive ni lo habíamos visto antes –le contestaron.

–Está bien. De cualquier forma, si lo ven le avisan –dijo con tristeza.

Desde entonces, todas las tardes, a la salida de la escuela, los niños jugaban con el gigante. Y del pequeñín nada. Aun así, el gigante se convirtió en un ser muy bondadoso con todos los niños, pero echaba de menos a su primer amiguito. Esto lo demostraba pues hablaba de él con frecuencia, siempre lo recordaba.

–¡Cómo me gustaría que estuviera aquí divirtiéndose con nosotros! –solía decir.

Como el tiempo es inclemente y los años pasaban, el ahora gigante bondadoso había envejecido y ya no podía jugar con los niños por lo que se veía obligado a permanecer sentado en un gran sillón observando lo que hacían en el jardín.

–Aunque tengo muchas flores bellas los niños son las más bellas de todas –decía.

Tiempo después, mientras se vestía en una mañana de invierno, a la que consideraba una primavera dormida y el reposo de las flores, miró por la gran ventana de su recámara y se quedó atónito.

–No lo puedo creer –decía con asombro. Esa realmente era una visión maravillosa. Sí, nuevamente, en el rincón más apartado del jardín estaba ese árbol completamente cubierto de flores blancas, sus ramas doradas, con frutos de plata y debajo de él estaba, paradito, el pequeñuelo.

Apenas terminó de hablar y sin perder más tiempo el gigante se precipitó por las escaleras con gran alegría y llegó al jardín. Corrió por el césped y se acercó al niño, pero cuando estuvo junto a él su cara cambió de una expresión de alegría a una de cólera y exclamó:

–¿Quién se ha atrevido a herirte de esa manera? –decía encolerizado–. Mira las palmas de tus manos y las plantas de tus pies. Te los perforaron.

–¿Quién fue? –gritó otra vez el gigante–. Dímelo, por favor. Iré a buscar mi gran espada y te juro que lo mataré.

–No, porque éstas son las heridas del Amor.

–Pero, ¿quién eres tú? –dijo el gigante.

Cuando terminó de preguntar un extraño temor le invadió y le hizo caer de rodillas ante el pequeñín.

Mientras esto sucedía el niño sonrió al gigante, y le dijo:

–Un día no muy lejano tú me dejaste jugar una vez en tu jardín. Ahora me toca invitarte al mío que es el Paraíso.

Aquella tarde, cuando llegaron los niños, encontraron al gigante muerto bajo el árbol donde vio por primera vez al pequeñín, todo cubierto de flores blancas.

El ruiseñor y la rosa

Érase una vez un estudiante pobre que se enamoró locamente de la hija de un profesor de su aldea. Ella le hizo una "promesa".

–Prometió que bailaría conmigo cuando le llevara unas rosas rojas –exclamó el estudiante pobre–; lo terrible es que no hay una sola rosa roja en todo mi jardín.

Un ruiseñor que escuchaba las lamentaciones del estudiante pobre desde su nido de la encina, lo miró por entre las hojas asombrado.

–¡No hay una sola rosa roja en todo mi jardín! –se quejaba el estudiante pobre, por lo que sus ojos se llenaban de lágrimas, pero seguía recriminándose–. ¡Ah, de qué cosas más insignificantes depende la felicidad! He leído todo cuanto han escrito los sabios. Además poseo todos los secretos de la Filosofía y tengo que sentirme desdichado por falta de una rosa roja.

Al escuchar las cuitas del estudiante el ruiseñor pensó: "He aquí, por fin, el verdadero enamorado. Le he cantado todas las noches, aun sin conocerlo. También noche tras noche he contado su historia a las estrellas. Su cabellera es oscura como la flor del jacinto, y sus labios rojos como la rosa que desea. Sin embargo, la pasión ha tornado su rostro pálido como el marfil, y la tristeza le ha marcado en la frente con su sello".

–Mañana por la noche el alcalde dará un baile –murmuró el joven estudiante–, y ella asistirá seguramente. Si le llevo una rosa roja bailará conmigo hasta el amanecer y la podré estrechar entre mis brazos. Recargará su cabeza sobre mi hombro y pondrá su mano sobre la mía. Pero como desgraciadamente no hay rosas rojas en mi jardín, tendré que estar solo porque ella no me aceptará. Estoy casi seguro de que no se fijará en mí y mi corazón se desgarrará.

Las penas externadas por el estudiante pobre hicieron que el ruiseñor opinara:

"No cabe duda, he aquí el verdadero enamorado. Sufre todo lo que canto. Sin embargo la alegría es una cosa maravillosa. Por eso es que el canto debe ser más precioso que las esmeraldas y más estimado que los finos ópalos. No se puede comparar con las perlas y granadas porque no se le puede encontrar en un simple mercado. Tampoco se le puede comprar al vendedor ni pesarlo en la balanza para el oro".

Mientras tanto, el estudiante pobre imaginaba la escena en que los músicos permanecerían en su lugar. Tocarían sus instrumentos y su amor imposible bailaría al ritmo del arpa y del violín, tan ligeramente que sus pies no tocarían el piso, y los demás jóvenes, con sus lujosos trajes, la rodearían solícitos. Pero como yo no llevaré la rosa roja, no lo hará conmigo. La triste realidad le hizo caer en la tierra y ponerse a llorar.

–¿Por qué llora este joven? –preguntó una lagartija verde que pasaba cerca de él con su cola levantada.

–Sí, ¿por qué? –dijo una mariposa que revoloteaba por todos lados, lo que le hacía parecer una borrachita.

–Eso es, ¿por qué? –murmuró una margarita distraída y chismosa a su vecina con una voz inocente.

Finalmente, intervino el ruiseñor acongojado.

–Llora por una rosa roja –dijo.

–¿Por una rosa roja? –exclamaron asombrados–. ¡Qué ridículo este humano!

Y la lagartija se carcajeó con todas sus ganas.

Pero el ruiseñor, que comprendía el secreto de la pena del estudiante, no demostró ninguna expresión contraria sino que se puso a reflexionar acerca de los misterios del amor.

De pronto, extendió sus alas oscuras y emprendió el vuelo. Atravesó el bosque como una saeta, y como una sombra llegó al jardín. En el centro de éste se levantaba un hermoso rosal, y al verlo voló hacia él y se posó sobre una de sus ramas.

–Dame una rosa roja –gritó– y te cantaré la canción más dulce.

Sin embargo el rosal sacudió negativamente su cabeza.

–Mis rosas son blancas –contestó–, tan blancas como la espuma del mar, como la nieve en la montaña. Pero puedes ir en busca de mi hermano que crece alrededor del viejo reloj de sol y quizás él te pueda dar lo que quieres.

El ruiseñor voló velozmente hacia el rosal que crecía en torno al viejo reloj de sol.

–Dame una rosa roja –gritó– y te cantaré la canción más dulce.

Pero este rosal también sacudió negativamente su cabeza.

–Mis rosas son amarillas –respondió–, tan amarillas como los cabellos de las sirenas que se sientan sobre un tronco de ámbar y más que el narciso que florece en el prado, eso sí, antes de que llegue el segador con su hoz. Pero puedes ir en busca de mi hermano, el que crece debajo de la ventana del estudiante y quizás él te dé lo que quieres.

Raudo, el ruiseñor voló hacia el rosal que crecía debajo de la ventana del estudiante.

–Dame una rosa roja –gritó– y te cantaré la canción más dulce.

Pero desgraciadamente el rosal sacudió la cabeza de la misma manera que las veces anteriores.

–Mis rosas son rojas –respondió–, tan rojas como las patas de las palomas y más que los grandes abanicos de coral que el océano mece en sus bancos inmensos. Lo único malo es que el invierno ha helado mis venas, la escarcha ha marchitado mis pimpollos, la borrasca ha partido mis ramas y ya no tendré rosas en todo este año.

–Necesito nada más que una rosa roja –dijo el ruiseñor–. ¿Hay algún medio para conseguir una sola rosa roja?

–Sólo hay uno –respondió el rosal–, pero es tan terrible que me da miedo decírtelo.

–Dímelo –replicó el ruiseñor–. No le temo a nada.

–Si quieres una rosa roja –dijo el rosal– tienes que hacerla con tu música, al claro de luna, y teñirla con la sangre de tu propio corazón. Cantarás para mí, con el pecho apoyado en una espina, durante toda la noche. La espina tendrá que atravesar tu corazón y la sangre de tu vida correrá por mis venas y se convertirá en mi propia sangre.

–La muerte es un precio muy alto para conseguir una rosa roja –exclamó el ruiseñor–. Todos amamos la vida, porque es grato posarse en el verde bosque y mirar al sol en su carro de oro y a la luna en su carro de perlas. También es dulce el olor del espino como dulces son las campanillas que se esconden en el valle y el brezo que crece en la colina. Sin embargo, el amor es mejor que la vida porque, ¿qué es el corazón de un pájaro comparado con el de un hombre?

Nuevamente, desplegó sus alas oscuras y emprendió el vuelo. Pasó otra vez el jardín como una saeta, y como una sombra cruzó sobre la arboleda.

Mientras, el estudiante pobre permanecía tendido sobre el césped, allí donde lo había dejado, y las lágrimas no se habían secado aún en sus hermosos ojos.

–¡Por fin, tendrás tu rosa roja y podrás ser feliz! –gritó el ruiseñor–. La crearé con mi música al claro de luna y la teñiré con la sangre de mi propio corazón. Solamente te pido a cambio que seas un verdadero enamorado, porque el Amor es más sabio que la Filosofía, aunque ésta lo sea, y más fuerte que el Poder, aunque éste lo sea. Porque sus alas son llamas encendidas y su cuerpo de color del fuego. En tanto, sus labios son dulces como la miel y su aliento como el incienso.

El estudiante pobre levantó los ojos y escuchó al ruiseñor, pero no podía entenderlo, pues solamente podía entender las cosas que estaban escritas en los libros.

Pero el árbol donde construyó su nido el ruiseñor se entristeció al comprender lo que iba a suceder.

–¡Me quedaré tan triste cuando te vayas! –murmuró–. Cántame una última canción.

Y el ruiseñor cantó para el árbol, y su voz se tornó como el agua que burbujea en una jarra de plata.

Al terminar la canción, el estudiante pobre se levantó, y sacó una libreta de notas y su lápiz del bolsillo, para anotar lo siguiente mientras se paseaba por la alameda: "Tiene estilo, esto es innegable. Pero ¿será capaz de sentir? Me temo que no. En realidad, le sucede como a muchos artistas: todo estilo, sin nada de sinceridad. No se sacrifica por los demás. No piensa más que en la música y, como todo el mundo sabe, es egoísta. Ciertamente, no puede negarse que su voz tiene notas muy bellas. ¡Lástima que todo eso no tenga sentido alguno o que no persiga ningún fin útil!"

Al irse a su habitación, se acostó sobre su catrecillo a pensar en su amor, y después de un momento se quedó dormido.

Por su parte, el ruiseñor voló al rosal y cuando la luna brilló en lo alto, colocó su pecho contra una espina. De esta manera toda la noche cantó con el pecho apoyado contra la espina y la fría luna de cristal se detuvo para escuchar. El ruiseñor cantó durante toda la noche, mientras la espina se encajaba poco a poco y la sangre de su vida fluía de su pecho.

Desde el principio, cantó el nacimiento del amor en el corazón de un joven y en el de una doncella. Con esto, en la rama más alta del rosal floreció una rosa maravillosa, pétalo por pétalo, canción tras canción. Primero era pálida como la neblina que flota sobre el río, como los pies de la mañana y plateada como las alas de la aurora. Aquella rosa que florecía sobre la rama más alta del rosal parecía el reflejo de una rosa en un espejo de plata, el reflejo de una rosa en una laguna.

El rosal pidió al ruiseñor que se apretase más contra la espina.

–¡Presiona más, pequeño ruiseñor –gritó el rosal–, porque pronto amanecerá y la rosa no estará lista!

Y el ruiseñor se apretó más contra la espina, y su canto aumentó su sonoridad, porque ahora cantaba el nacimiento de la pasión en el alma de un joven y de una doncella.

Esto sucedía cuando un delicado rubor apareció sobre los pétalos de la rosa, como cuando un enamorado enrojece al besar los labios de su prometida.

Sin embargo, la espina no había llegado aún al corazón del ruiseñor, por lo tanto el corazón de la rosa seguía blanco, porque solamente la sangre de un ruiseñor puede darle el color deseado al corazón de una rosa. Aun cuando sucedía esto, el rosal apuraba al ruiseñor que se apretase más contra la espina.

–¡Presiona más, pequeño ruiseñor –repetía el rosal–, porque pronto amanecerá y la rosa no estará lista!

El ruiseñor se encajó más aún contra la espina, hasta que ésta tocó su corazón, y sintió en él un cruel espasmo de dolor. Entonces, la gran rosa enrojeció como la rosa del cielo oriental. Así el entorno de los pétalos se volvió de un color púrpura, como un rubí era el corazón.

Entonces la voz del ruiseñor desfalleció y sus cortas alas empezaron a batir hasta que una nube se extendió sobre sus ojos. Así mismo su canto se fue debilitando cada vez más y sintió que algo le cerraba la garganta.

Aun en la situación que estaba el ruiseñor, su canto tuvo un último estallido de música. Fue tal el estallido que la luna blanca le escuchó e hizo que se olvidara de la aurora y se detuviera en el cielo. También la rosa roja, pues la hizo temblar de excitación y la hizo abrir sus pétalos al aire frío de la mañana. El eco hizo su parte al escucharlo pues le condujo hacia su caverna purpúrea de las colinas y despertó de sus sueños a los pastores dormidos. Además lo hizo flotar entre los cañaverales del río, para que llevaran su mensaje al mar.

–¡Mira, mira! –gritó el rosal–. ¡Ya está terminada la rosa! Pero desgraciadamente el ruiseñor ya no respondía: yacía muerto sobre las altas hierbas, con el corazón perforado por una de sus espinas.

Unas horas después, al mediodía, el estudiante pobre abrió su ventana y bostezando miró hacia fuera sorprendido.

—¡Pero qué suerte la mía! —exclamó—. ¡Qué rosa tan roja! Nunca en mi vida he visto una rosa semejante. Su nombre debe tener un origen latino pues es tan bella.

En un movimiento casi imperceptible se inclinó y la arrancó. Se vistió velozmente y corrió a casa del profesor con su rosa en la mano. La hija del profesor estaba tranquilamente sentadita a la puerta, en donde hilaba seda azul en un carrete, con un perrito echado a sus pies.

—Recuerdas que prometiste que bailarías conmigo si te traía una rosa roja —dijo el estudiante pobre—. Pues mira, aquí te traigo la rosa más roja y bella del mundo, para que esta noche la prendas cerca de tu corazón, cuando bailemos juntos, y ella se encargará de decirte cuánto te amo.

Sin embargo, la joven frunció las cejas un poco molesta.

—Temo que esta rosa no haga juego con mi vestido —respondió— y, además, el sobrino del alcalde me ha enviado joyas de verdad, y como tú sabes las joyas cuestan más que las flores.

—Pero si tú habías prometido que... No puede ser que hayas cambiado de opinión —dijo el estudiante pobre con coraje e impotencia—. ¡Ingrata! Y sin pensarlo ni un momento tiró la rosa al riachuelo, donde flotó sobre la corriente hasta que desapareció.

–¡Ingrato! –dijo la hija del profesor–. Realmente eres muy grosero. ¿Pues quién crees que eres? Si solamente eres un estudiante. Ni siquiera creo que tengas unos buenos zapatos, como los del sobrino del alcalde.

Y sin decir más se levantó de su silla y se metió a la casa.

–¡Vaya cosa. Qué tontería es el amor! –se decía el estudiante pobre de regreso a su casa–. Éste no es ni la mitad de útil que la Lógica, porque no puede probar nada. Habla siempre de cosas que no sucederán y nos hace creer cosas que no son ciertas. Realmente no es nada práctico, y en nuestra época todo estriba en ser práctico. No me queda otro camino más que volver a la Filosofía y al estudio de la Metafísica.

Ya instalado en su casa, tranquilamente sacó un libro viejo y polvoriento y se puso a leer. Así nada más.

El príncipe feliz

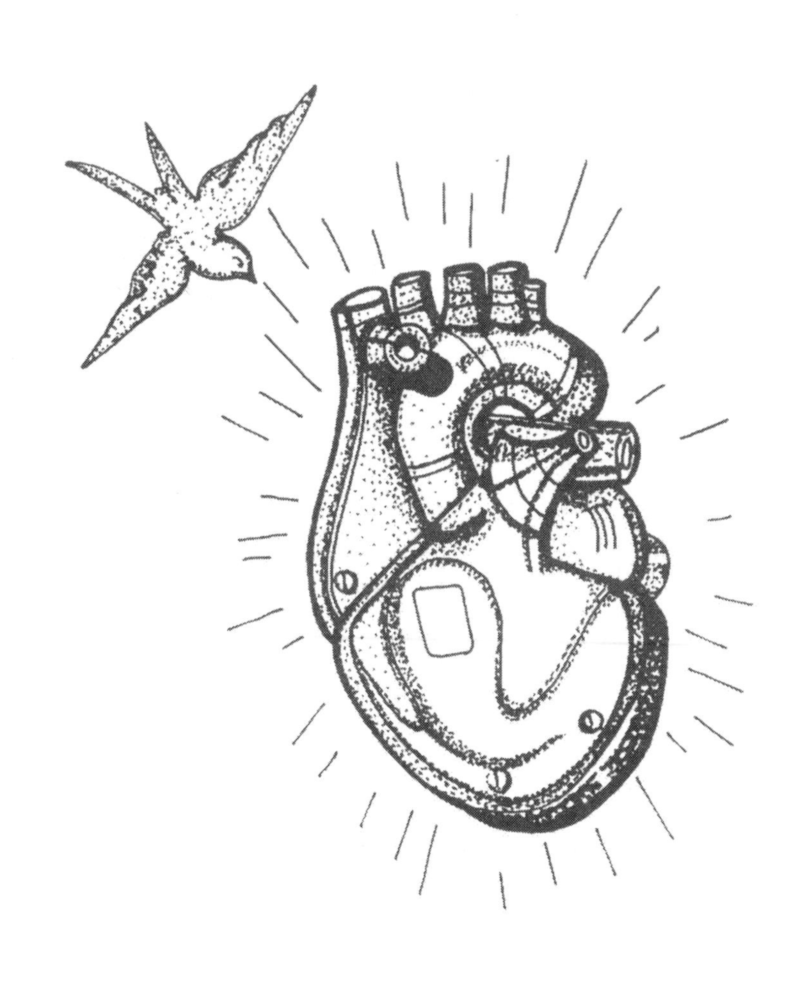

Allá, en lo más alto, en aquella ciudad conocida por todos, sobre un pedestal estaba la estatua del Príncipe Feliz. Era muy admirada por todos. Estaba toda cubierta de una hoja de oro fino. También tenía como ojos dos preciosos zafiros, y refulgía un gran rubí escarlata en el puño de su espada. Al pie de la estatua se podían escuchar comentarios tan disímbolos de los habitantes de esa ciudad como:

–Es tan hermoso como una veleta –comentó uno de los regidores de la ciudad que quería demostrar sus "conocimientos" en arte–. Aunque no es muy útil para la comunidad. –Añadió, temiendo pasar por hombre poco práctico. Y, realmente, no lo era.

–Ojalá fueras como el Príncipe Feliz pues él nunca pediría las cosas a gritos –decía una madre a su hijito, que quería la luna.

–Lo que a mí me sorprende es que en este mundo todavía haya personas realmente felices –murmuró un hombre decrépito, al contemplar la gran estatua.

–No cabe duda, parece un ángel –comentaron unos pequeños huérfanos al salir de la catedral, vestidos como es tradicional, con sus soberbias capas rojas y sus lindas chaquetas blancas.

–¿Por qué piensan eso? –replicó el profesor de matemáticas.

–¡Ah, porque lo hemos visto en nuestros sueños! –contestaron a coro los niños.

Sin embargo, el profesor de matemáticas frunció el entrecejo, adoptando un aire de severidad, porque no podía dar crédito a lo que decían esas criaturas.

Cierta noche, una golondrina rezagada se dirigió hacia la ciudad, pues seis semanas antes sus compañeras habían volado hacia Egipto. La razón es que se había enamorado locamente del más hermoso de los juncos. Esto sucedió al iniciarse la primavera, mientras revoloteaba sobre el río persiguiendo a una gran mariposa dorada. En esas estaba cuando vio su esbelto talle, y la sedujo hasta el punto de que se posó para hablarle.

–Te amaré eternamente –exclamó la golondrina, que no se andaba con rodeos.

El junco le hizo una caballerosa reverencia. Entonces, la golondrina voló a su alrededor, rozando el agua con sus alas y dejando estelas plateadas para demostrarle su felicidad. De esta manera, se iba pasando el verano.

–Es absurdo lo que pasa –chirriaban las otras golondrinas–. Ese junco es un pobretón con mucha familia.

En efecto, el río estaba lleno de juncos. Pero al llegar el otoño, todas las golondrinas alzaron el vuelo. Por eso, después de partir, la golondrina se sintió muy sola y comenzó a aburrirse de su amante.

–¿Qué voy a hacer? Ni siquiera habla –comentaba–; además, temo que me sea infiel, porque coquetea sin cesar con la brisa.

Y así sucedía, siempre que soplaba la brisa aquel junco multiplicaba sus más gentiles saludos.

–Como prefiere estar quieto –murmuraba la golondrina–; y a mí me encantan los viajes, al que me ame debe gustarle viajar.

–Te invito a venir conmigo –dijo como último intento la golondrina al junco.

Pero éste se negó, porque estaba muy apegado a su hogar.

–¡Sólo te has estado burlando de mí! ¿Verdad? –le chilló melodramáticamente la golondrina–. Entonces como no hay otro remedio volaré a las pirámides. ¡Adiós!

Y la golondrina emprendió el vuelo. Voló durante todo el día y al caer la noche llegó a la ciudad.

Buscó un refugio seguro hasta que vio la estatua sobre un pedestal.

–Me quedaré ahí –gritó aparentemente feliz y para darse ánimos–. Es un sitio bonito, muy ventilado, hasta parece un salón dorado. Y se posó justamente a los pies del Príncipe Feliz. Pero cuando se disponía a dormir, una gota que le cayó encima, la asustó.

–¡Qué curioso! –exclamó. Las estrellas brillan con toda intensidad y claridad, el cielo está completamente despejado. ¿Pero llueve? Realmente el clima del norte de Europa es muy extraño. Recuerdo que al junco le encantaba la lluvia pero en él era un gusto. Y justo en ese momento le cayó otra gota.

–¡Vaya contratiempo! ¿Para qué sirve una estatua si no resguarda de la lluvia? –dijo la golondrina–. Buscaré un mejor resguardo.

Pero cuando se disponía a volar más allá, al abrir sus alas, le cayó una tercera gota. La golondrina miró entonces hacia arriba y vio con gran sorpresa los ojos del Príncipe Feliz, que estaban tristes y llenos de lágrimas que se deslizaban por sus mejillas de oro. Su rostro aparecía tan hermoso bajo la luz de la luna que la golondrina se sintió muy triste.

–Pero, ¿quién eres? –le preguntó.

–Yo soy el Príncipe Feliz. ¿No me ves? –dijo la estatua.

–Entonces, ¿por qué lloras? –volvió a preguntar la golondrina–. ¡Mira cómo me has dejado!

–Te contaré brevemente mi historia. Cuando yo vivía en el Palacio de la No Preocupación, en donde no tenía cabida el Dolor y latía en mí un corazón de ser humano, ignoraba lo que era el llanto –dijo la estatua–. Durante el día jugaba con mis compañeros en el jardín, y de noche bailaba en un salón amplio. Alrededor de ese jardín se levantaba un alto muro, pero nunca me preocupó lo que había detrás de él, pues todo cuanto me rodeaba era sorprendente. Mis súbditos me llamaban el Príncipe Feliz, y realmente lo era, si es que el placer constituye la felicidad. Así transcurrió toda mi vida hasta ahora que he muerto, pero me han elevado tanto que puedo contemplar todas las miserias y horrores de esta mi ciudad. Sin embargo, aun cuando sea de plomo mi corazón, siento lo que veo y por eso lloro.

"¡Pero cómo! ¿No eres de oro macizo?", se dijo la golondrina para sus adentros, pues su educación no le permitía hacer este tipo de observaciones en voz alta.

–Sabes, allí abajo –continuó la estatua con voz suave y melodiosa–, hay una vivienda pobre, en una calle estrecha. Una de sus ventanas está abierta y por ella alcanzo a ver a una mujer humilde sentada ante una mesa. Su cara está enflaquecida y demacrada, y sus manos tumefactas y rojas, llenas de pinchazos de aguja, porque es costurera. Borda pasionarias sobre un vestido de seda que lucirá la más bella de las damas de la reina en el próximo baile de la corte. En un rincón del cuarto, yace sobre un camastro su hijito enfermo. Tiene mucha fiebre y pide fruta pero como su madre es pobre no tiene para darle más que agua del río. Eso me hace llorar. Así que amiga golondrina, ¿podrías llevarle el rubí de la empuñadura de mi espada? Mis pies están sujetos al pedestal y no puedo moverme.

–Oye, pero me esperan mis compañeras en Egipto –respondió la golondrina–. Ya deben estar volando sobre el Nilo y seguramente conversando con los esbeltos lotos. Pronto irán a dormir a la tumba del gran faraón, que yace en su féretro de madera, embalsamado con un collar de jade verde pálido colgado al cuello y con anillos en sus frágiles manos, pero por supuesto, todo envuelto en lienzo amarillo.

–Pero, golondrina, amiga –repitió el Príncipe–. ¿Te podrías quedar conmigo una noche y ser mi mensajera? Es que ese niño tiene tanta sed y su madre está tan triste!

–Pero es que a mí no me agradan mucho los niños –contestó la golondrina un poco molesta–. Te voy a decir por qué, en el invierno que acaba de pasar, cuando vivía a la orilla del río, dos chamaquitos mal educados, hijos del molinero, me tiraban piedras sin motivo alguno. Gracias a que nosotras las golondrinas volamos muy bien y que pertenezco a una familia famosa por su agilidad nunca me alcanzaron. ¿No crees que sea una razón de peso?

Mas la mirada del Príncipe Feliz era tan triste que la golondrina amiga se sintió conmovida.

–Está bien, aunque aquí hace mucho frío. Me quedaré una noche acompañándote y llevaré tu mensaje –le dijo.

–Gracias, golondrina amiga –respondió agradecido el Príncipe.

Una vez que la golondrina quitó el gran rubí de la espada del Príncipe se lo colocó en el pico, voló sobre los techos de la ciudad. Así pasó por encima de la torre de la catedral, en la que había unos curiosos ángeles de mármol blanco. También sobre el palacio real, incluso llegó hasta ella la música del baile y lo que una linda joven le decía al novio.

–La pureza del amor es como una lluvia de estrellas –le dijo.

–También quisiera tener un vestido para el baile de la corte –repitió ella–. Pero tengo mala suerte ya que lo mandé bordar y es hora que no me lo entregan estas costureras flojas.

La golondrina amiga escuchó, sin interrumpir su vuelo sobre el río; también vio los fanales colgando en las puntas de los mástiles de las embarcaciones. También pasó sobre el mercado y observó a los viejos judíos, comerciando como es común entre ellos y pesando monedas en balanzas de metal. Finalmente, llegó a la pobre vivienda y miró: el niño estaba inquieto por la fiebre en su cama y la madre cansada se había dormido.

La golondrina amiga penetró en la habitación y dejó el suntuoso rubí sobre la mesa. Luego revoloteó, sin hacer el menor ruido, alrededor del lecho, echándole con sus alas aire a la carita del niño.

–¡Qué rico se siente! –murmuró el niño–. Creo que ya estoy mejor. Y se quedó dormido, muy tranquilo. Después, la golondrina amiga regresó rápidamente hasta donde se encontraba el Príncipe Feliz y le contó lo sucedido.

–¡Qué raro! –observó ella–. Ahora tengo un poco de calor, a pesar del frío que hace.

–Es por la buena acción que acabas de hacer –dijo el Príncipe.

Esto hizo que la golondrina se pusiera a meditar sobre lo que había dicho, hasta quedarse dormida. Así solía hacer pero al amanecer emprendió vuelo hacia el río y se dio un baño.

–¡Qué fenómeno tan extraño! –exclamó el profesor de ornitología, que cruzaba por el puente–. ¡Es rarísimo que haya una golondrina en esta época!

Por ese motivo escribió un extenso artículo para un diario local. Todo el mundo habló de él, pues estaba plagado de palabras incomprensibles.

–Príncipe Feliz, esta noche sí partiré hacia Egipto –se decía la golondrina con un tono de felicidad.

Por esa razón recorrió todos los monumentos públicos, hasta descansó un buen rato sobre el campanario de la catedral. Por todos los sitios por donde pasaba los gorriones piaban, diciéndose unos a otros:

–¡Qué extranjera más distinguida!

Lo cual la llenaba de satisfacción. En cuanto salió la luna, regresó a todo vuelo hacia el Príncipe Feliz.

–¿Quieres que lleve algo para Egipto? –le dijo–. Hoy emprenderé el viaje.

–Golondrina amiga –dijo el Príncipe–, ¿podrías quedarte otra noche conmigo?

–Pero ya sabes que me esperan en Egipto –contestó la golondrina amiga–. Mis compañeras volarán mañana hacia la segunda catarata. Allí donde el hipopótamo descansa entre los cañaverales y el dios Memnón se levanta sobre un enorme trono de granito; vigila a las estrellas durante la noche, y en cuanto brilla Venus, lanza un grito de alegría y vuelve a enmudecer. Al mediodía los leones bajan a beber a la ribera del río. Sus ojos son como verdes aguamarinas y sus rugidos más atronadores que los de la catarata.

–¡Golondrina amiga! –volvió a decir el Príncipe–, ahora veo a un joven en una buhardilla, inclinado sobre una mesa llena de papeles con un vaso lleno de violetas marchitas, allá abajo, en aquel otro lado de la ciudad. Tiene el cabello negro y ondulado, los labios rojos encendidos, y unos grandes ojos soñadores. Debe terminar una obra para el director del teatro, pero siente tanto frío que no puede escribir más. No arde ningún fuego en su cuarto y el hambre le ha dejado extenuado.

–Está bien, me quedaré otra noche acompañándote –accedió la golondrina amiga, que tenía realmente buen corazón–. ¿Qué le llevo? ¿Otro rubí?

–¡Pero ya no tengo más rubíes! –exclamó el Príncipe Feliz–. Sólo me quedan mis ojos. Son unos esplendorosos zafiros traídos de la India hace mil años. Arráncame uno y llévaselo. Él lo venderá a algún joyero, comprará alimentos y combustible y podrá terminar su obra.

–Oye mi querido Príncipe –dijo la golondrina amiga–. Yo no te puedo hacer eso. Y se echó a llorar.

–¡Golondrina amiga! –dijo el Príncipe Feliz–. ¡Te lo ordeno!

No hubo otro remedio. La golondrina amiga arrancó un ojo del Príncipe y fue volando hacia la buhardilla del escritor. Entró fácilmente, por un agujero en el techo, como una flecha. Mientras el joven se tiraba de los cabellos, pues no oyó el aleteo del pájaro, y al alzar los ojos vio con sorpresa el magnífico zafiro entre las violetas marchitas.

–Vaya, creo que empiezan a reconocer mi valía –exclamó–. Esto debe ser un presente de algún mecenas.

Ahora sí podré concluir mi obra. Me siento completamente feliz.

Al día siguiente, la golondrina amiga voló hacia el puerto. Se posó sobre el mástil de un gran navío y estuvo viendo cómo los marineros extraían enormes cajas de la cala, tirando de unos cabos.

–¡Vamos, muévanlas con cuidado! –gritaban por cada caja que elevaban hasta el puente.

–¡Oigan yo voy para Egipto! –les gritó la golondrina amiga.

Pero no le hicieron caso, así es que en cuanto salió la luna voló de nuevo hacia el Príncipe Feliz.

–Ahora sí, sólo vengo para despedirme de ti –le dijo.

–¡Pero golondrina amiga! –exclamó el Príncipe–. ¿No te podrías quedar una noche más acompañándome?

–Ya es invierno y yo todavía aquí –replicó la golondrina–. Pronto todo estará cubierto de nieve. Pero en Egipto el sol estará calentando sobre las verdes palmeras. Los cocodrilos estarán tendidos en el légamo a orillas del río. Mis amigas y mis compañeras estarán haciendo sus nidos en el Templo de Baalbek. Las palomas blancas y rosas las siguen con los ojos mientras se arrullan. Por todo esto mi estimado Príncipe, no tengo más remedio que dejarte. En la próxima primavera te traeré, para que recuperes tus ojos, dos piedras preciosas para sustituir los que obsequiaste. Un rubí que será más rojo que el fuego y un zafiro tan azul como el mar.

–Oye, pero allá abajo, en aquella plaza –dijo el Príncipe Feliz–, hay una niña vendiendo cerillos, pero se le han caído al arroyo y se echaron a perder, por lo que ya no podrá venderlos. Mírala, está llorando porque su padre la castigará por no llevar ganancia. Es muy pobre, no tiene calcetines ni zapatos y lleva la cabeza al descubierto. Así que por favor, arráncame el otro ojo, llévaselo y así su padre no le pegará.

–Otra noche contigo –contestó la golondrina amiga–; además yo no puedo arrancarte ese ojo, porque te quedarás ciego.

–¡Ándale golondrina amiga! –exclamó el Príncipe, ya no tan feliz–. ¡Por favor haz lo que te pido!

De esta manera la golondrina sacó el otro ojo del Príncipe y levantó el vuelo, llevándolo en su pico. Se posó sobre un hombro de la pequeña vendedora de cerillos y dejó caer la piedra preciosa en la palma de una de sus manos.

–¡Qué bonito trozo de vidrio! –exclamó la chiquilla–, y se marchó corriendo muy alegre a su casa.

Después de ver esto, la golondrina regresó volando hacia el Príncipe.

–Ahora que estás ciego, me quedaré contigo para siempre.

–No, golondrina amiga –dijo el Príncipe–. Te debes ir a Egipto.

–No, ya lo decidí. Me quedaré contigo para siempre –repitió la golondrina–, y se quedó dormida a los pies del Príncipe.

Al día siguiente, se posó sobre el hombro del príncipe y le contó todo cuanto había visto en los remotos países. Le habló del Nilo, de la gran Esfinge, de los mercaderes del desierto, del rey negro de las Montañas de la Luna, de la gran serpiente verde y de los famosos pigmeos.

–Golondrina amiga –dijo el Príncipe–, todo eso que me has contado es realmente maravilloso; pero a mí me interesa más el sufrimiento de la gente. Porque creo que el gran misterio es la miseria. Por eso te pido de favor que vueles por la ciudad y me cuentes lo que hayas visto de interesante.

Con ese encargo, la golondrina amiga voló sobre la enorme ciudad, y vio a los ricos en sus palacios soberbios, mientras los menesterosos se agrupaban, sentados a sus puertas. También voló sobre los barrios más sórdidos en donde observó las exangües caritas de los niños que morían de hambre, el triste espectáculo de las oscuras callejuelas. Más adelante vio bajo el arco de un puente tendidos a dos mendigos abrazados el uno al otro para calentarse.

–¡Tenemos hambre y frío! –se lamentaban.

–¡No pueden estar aquí! ¡Largo! –les gritó un guardia. Y tuvieron que alejarse bajo la lluvia. Después de ver esto, la golondrina se fue volando rápidamente a contarle al Príncipe lo sucedido. Al enterarse éste de lo observado por la golondrina amiga dijo:

–Me cubre una capa de oro fino; ve quitándola hoja por hoja y repártela entre mis pobres, ya que los hombres creen que el oro proporciona la felicidad.

La golondrina amiga, un poco acongojada, así lo hizo, hasta que el Príncipe Feliz se quedó sin brillo ni belleza. Después entregó las hojas entre los necesitados, y como por arte de magia las caritas infantiles recobraron sus colores sonrosados y rieron y jugaron por las calles. Además gritaban de alegría:

–¡Ya tenemos pan!

No pasó mucho tiempo para que aparecieran la nieve y después el hielo. Las calles parecían cristales de tan blancas y relucientes. Toda la gente iba envuelta en pieles, los niños llevaban gorritos rojos y patinaban hábilmente sobre el hielo. Sin embargo, la pobre golondrina amiga sentía cada vez más frío, pero tampoco quería dejar solo al Príncipe porque le amaba intensamente. Para mantenerse en calor agitaba sus alas y después iba a picotear las migas que había a las puertas de la panadería. Pero, finalmente, comprendió que iba a morir. Sólo tuvo fuerzas para volar hasta el hombro del Príncipe.

–¡Adiós, querido Príncipe! –musitó–. Permíteme que te bese la mano.

–No sabes qué alegría me da que al fin te dirijas a Egipto, golondrina amiga –dijo el Príncipe–. Creo que ha sido mucho el tiempo que te he retenido. Así es que bésame, porque yo también te quiero.

–No voy a Egipto –murmuró la golondrina–. Voy a un lugar donde descansan las almas.

Y al besarlo cayó muerta a sus plantas. No obstante en aquel mismo instante se oyó un extraño crujido dentro de la estatua, como si algo se hubiera roto. Lo que en realidad había sucedido, es que por el intenso frío, se había partido la capa de plomo. Esto hizo que cambiaran las cosas, la mañana siguiente, cuando el alcalde cruzó la plaza, acompañado de los concejales de la ciudad. Al pasar ante el pedestal, levantó los ojos hacia la estatua.

–¡Pero qué pasó! –exclamó–. ¡Qué mal se ve el Príncipe Feliz!

–¡Qué harapos son esos! –dijeron los concejales en coro, para reafirmar lo expresado por el alcalde.

–Está hecho un verdadero pordiosero, pues ya no tiene el rubí de su espada, los ojos y el oro de su traje –observó el alcalde.

–¡Así es! –dijeron a coro los concejales.

–Además hay un pájaro muerto a sus pies –añadió el alcalde–. Mandaré una iniciativa de ley para que se prohiba a los pájaros venir a morir aquí. El secretario del Ayuntamiento, raudo y veloz como siempre, tomó nota de la iniciativa. Ésta se llevó a cabo a la velocidad de la luz y el Concejo acordó derribar la estatua del Príncipe Feliz.

–Lo que no es bello no es útil –había dicho un profesor de estética de la universidad.

La iniciativa hecha ley hizo que fundieran la estatua, y no contento con eso, el alcalde reunió al Concejo en sesión extraordinaria para decidir qué hacer con el metal.

–Lo más lógico es hacer otra estatua –propuso aquél humildemente–. Por ejemplo, la mía.

–¡O la mía! ¡O la mía! ¡O la mía! –dijeron sucesivamente cada uno de los concejales.

Esto inició una batalla campal y así siguieron discutiendo mucho tiempo.

–¡Qué raro! –dijo el fundidor–. No puedo fundir este corazón de plomo. Lo tendré que tirar como chatarra.

Y así sucedió, los fundidores lo arrojaron a un montón de desecho, ahí donde yacía muerta la golondrina amiga.

Dios ordenó a uno de sus ángeles que le llevara las dos cosas más valiosas, hablando espiritualmente.

Y el ángel le llevó el corazón de plomo y a la golondrina muerta.

Cuentos clásicos infantiles
fue impreso y terminado en junio de 2013
en Encuadernaciones Maguntis, Iztapalapa,
México, D. F. Teléfono: 5640 9062.

Made in the USA
Lexington, KY
29 June 2016